En la piscina

NEFELIBATA 

Otros libros de la autora en Duomo:

Buda en el ático

Cuando el emperador era Dios

Julie Otsuka

En la piscina

Duomo ediciones

Barcelona, 2023

Título original: *The Swimmers*

Primera edición: febrero de 2023

Duomo ediciones es un sello de Antonio Vallardi Editore S.u.r.l.
Av. de la Riera de Cassoles, 20. 3.º B. Barcelona, 08012 (España)
www.duomoediciones.com

Gruppo Editoriale Mauri Spagnol S.p.A.
www.maurispagnol.it

ISBN: 978-84-18538-76-6
Código IBIC: FA
DL: B 22.235-2022

Diseño de interiores:
Agustí Estruga

Composición:
Grafime Digital, S. L.
www.grafime.com

Impresión:
Grafica Veneta S.p.A. di Trebaseleghe (PD)

Impreso en Italia

Para Andy

La piscina subterránea

La piscina está situada a gran profundidad, en una enorme cámara cavernosa muchos metros por debajo de las calles de nuestra ciudad. Algunos de nosotros venimos aquí porque estamos lesionados y tenemos que curarnos. Padecemos de dolores de espalda, pies planos, sueños rotos, corazones rotos, ansiedad, melancolía, anhedonia, los típicos achaques propios de la superficie. Otros trabajamos en la universidad cercana y preferimos pasar el tiempo del almuerzo abajo, en el agua, lejos de las severas miradas de nuestros colegas y nuestras pantallas. Algunos de nosotros venimos aquí para escapar, aunque sea una hora, de nuestros frustrantes matrimonios en tierra. Muchos vivimos cerca y sencillamente nos encanta nadar. Una de nosotros

–Alice, técnica de laboratorio jubilada, en las primeras fases de la demencia– viene porque siempre lo ha hecho. Y aunque quizá no recuerde la combinación de su taquilla o dónde ha dejado la toalla, en cuanto se mete en el agua sabe qué hacer. Tiene una brazada larga y fluida, la patada enérgica, las ideas claras. «Ahí arriba soy una viejecita más, pero aquí abajo, en la piscina, soy yo misma», dice.

La mayoría de los días, en la piscina somos capaces de dejar nuestros problemas en la superficie. Pintores fracasados que se transforman en elegantes bracistas. Profesores no numerarios que hienden el agua como tiburones a una velocidad de vértigo. El director de Recursos Humanos recién divorciado que agarra una tabla de poliestireno de un rojo desteñido y la emprende a patadas impunemente. El publicista despedido por reducción de plantilla que flota de espaldas, como una nutria, contemplando las nubes del techo pintado de azul claro, sin pensar en nada por primera vez durante todo el día. «Olvídalo». Los preocupados continuamente dejan de estarlo. Los viudos desconsolados ya no se afligen. Los actores en paro incapaces de despegar en la superficie se deslizan sin esfuerzo por la calle rápida, al fin en su elemento. «¡He llegado!». Y durante un breve intervalo nos encontramos a gusto en el mundo. Se disipan los malos humores, los tics desaparecen, vuelven a despertarse los recuerdos, las migrañas se esfuman, y lenta, muy lentamente, empieza a apagarse el guirigay de nuestra cabeza mientras nadamos, una brazada tras otra, un largo tras otro. Y cuando completamos todas las vueltas, nos aupamos para salir de la piscina chorreando y revitalizados, con el equilibrio restablecido, preparados para enfrentarnos a otro día en el mundo.

Allí arriba hay incendios incontrolados, alarmas por contaminación, sequías colosales, atascos de papel en las impresoras, huelgas de profesores, insurrecciones, días de calor abrasador que parecen inacabables («"Cúpula de calor" extremo suspendida permanentemente sobre la Costa Oeste»), pero aquí abajo, en la piscina, siempre tenemos una agradable temperatura de veintisiete grados. La humedad es del sesenta y cinco por ciento. Hay buena visibilidad. Las calles están tranquilas y cuidadas. Aunque limitado, el horario satisface nuestras necesidades. Algunos de nosotros llegamos poco después de despertarnos, toallas limpias al hombro y gafas de goma en mano, dispuestos para el baño de las ocho de la mañana. Otros bajamos a última hora de la tarde, después del trabajo, cuando todavía hay sol y luz, y al volver a emerger ya es de noche. El tráfico se ha reducido. Las excavadoras guardan silencio. Los pájaros se han marchado. Y agradecemos haber evitado, una vez más, la caída de la noche. «Es el único momento en que no soporto estar a solas». Algunos de nosotros venimos a la piscina religiosamente cinco veces a la semana y empezamos a sentirnos culpables si faltamos un solo día. Algunos de nosotros venimos los lunes, miércoles y viernes a mediodía. Una de nosotros viene media hora antes de que cierren, y cuando se ha puesto el bañador y se mete en el agua ya es la hora de marcharse. Otro se está muriendo de párkinson y viene solo cuando puede. «Si estoy aquí, sabréis que es uno de mis días buenos».

Las reglas de la piscina, aunque tácitas, las respetamos todos (nadie mejor que nosotros para hacerlas cumplir): no se permiten carreras, gritos ni niños. Hay que nadar únicamente en círculo (en dirección contraria a las agujas del reloj, manteniéndose siempre a la derecha de la línea pintada de negro). Hay que quitarse las tiritas. No se puede entrar en la piscina sin haberse dado la ducha reglamentaria de dos minutos (agua caliente, jabón) en el vestuario. No se puede entrar en la piscina con un sarpullido inexplicado o una herida abierta (con la excepción de las menstruantes que haya entre nosotras). No se puede entrar en la piscina si no se es socio de la piscina. Se admiten invitados (no más de uno a la vez por cada socio), pero a cambio de una cantidad diaria mínima. Los bikinis se permiten, pero no se recomiendan. Se exige el uso de gorros de baño. Los teléfonos móviles están prohibidos. Hay que observar el protocolo de la piscina en todo momento. Si no puedes mantener el ritmo, debes pararte al final de tu calle para dejar pasar al nadador que va detrás de ti. Si quieres adelantar a alguien desde detrás, tienes que darle un golpecito en un pie para avisarle. Si chocas sin querer con otro nadador, tienes que comprobar que se encuentra bien. Sé amable con Alice. Obedece al socorrista en todo momento. Mueve la cabeza a intervalos regulares y, por supuesto, acuérdate de respirar.

En nuestra «vida real», ahí arriba, somos comilones, incompetentes, paseadores de perros, travestis, tejedores compulsivos («Solo una vuelta más»), acumuladores secretos de cosas, poetas menores, cónyuges desplazados, mellizos, veganos, «mamá», un diseñador de moda de segunda fila, un inmigrante sin papeles, una monja, un danés, un policía, un actor que hace de policía en la televisión («agente Mahoney»), un ganador de la lotería de la tarjeta de residencia, un doblemente nominado para Profesor Destacado del Año, un jugador de *go* de categoría nacional, tres tíos llamados George (George el podólogo, George el sobrino del financiero caído en desgracia, George el exboxeador de peso wélter ganador de los Guantes de Oro), dos Rose (Rose y la Otra Rose), una Ida, una Alice, un autodenominado don nadie («Yo, como si no estuviera»), un exmiembro de los Estudiantes por una Sociedad Democrática, dos convictos, adictos, rehabilitados, acosados, amargados, agotados, gafados («Creo que ya soy seropositivo»), en el crepúsculo de una deslucida carrera de agente inmobiliario, en medio de un largo y prolongado divorcio («Ya van siete años»), infértiles, en la flor de la vida, estancados, acelerados, en recuperación, en la tercera semana de quimio, con una desesperación emocional profunda e implacable («Nunca llegas a acostumbrarte»), pero allí abajo, en la piscina, solo somos una de estas tres cosas: los de calle rápida, los de calle intermedia o los lentos.

Quienes van por la calle rápida son las personas alfa de la piscina. Son muy nerviosas y agresivas, con una absoluta seguridad en su técnica. Los bañadores les sientan de maravilla. Anatómicamente, suelen ser mesomorfos con algún kilo de grasa extra, lo que contribuye a una mejor flotación. Tienen los hombros anchos y el torso largo, y hay igual número de hombres que de mujeres. Cuando dan una patada, el agua se agita con furia. Más vale no cruzarse en su camino. Son atletas natos, dotados de ritmo y velocidad, y poseen una extraña afinidad con el agua de la que los demás carecemos.

Los de la calle intermedia están más relajados que sus compañeros de la calle rápida, y se les nota. Los hay de todos los tamaños y formas, y hace tiempo que renunciaron al sueño que quizá albergaran en su día de nadar por una calle más rápida y mejor. Por mucho que se esfuercen, no lo van a conseguir, y lo saben. Sin embargo, de vez en cuando uno de ellos se entrega a un arrebato de pataleo furibundo, un batir repentino e involuntario de brazos y piernas, como si por un momento pensara que puede desafiar a su destino. Pero no dura mucho. Muy pronto las piernas se agotan, las brazadas se acortan, los codos desfallecen, empiezan a doler los pulmones y, después de un par de largos, el nadador vuelve a su ritmo habitual. «Así son las cosas», se dicen para sus adentros. Y siguen nadando amistosa, afablemente («¡Que era broma, chicos!»).

Los de la calle lenta suelen ser hombres mayores jubilados hace poco, mujeres de más de cuarenta y nueve años, practicantes de ejercicios de correr y andar por el agua, economistas invitados de países emergentes del tercer mundo sin salida al mar en los que, según cuentan, están empezando a aprender a nadar (y también a conducir) y algún que otro paciente de rehabilitación. Sed amables con ellos. No hagáis conjeturas. Pueden estar aquí por muchas razones: artritis, ciática, insomnio, una flamante cadera de titanio, pies doloridos y destrozados tras toda una vida de machacarlos en suelo seco. «¡Ya me decía mi madre que no me pusiera zapatos de tacón!». La piscina es su santuario, su refugio, el único sitio sobre la tierra al que pueden ir para librarse del dolor, porque únicamente ahí abajo, en el agua, se calman los síntomas. «En cuanto veo esa línea pintada de negro, me siento bien».

En la superficie muchos de nosotros somos torpes y desmañados, cada vez más lentos con el paso de los años. Han llegado los kilos de más, ha empezado el abandonarse, las patas de gallo se extienden silenciosas pero inexorables, como grietas en un parabrisas, desde el rabillo de los ojos. Pero allí abajo, en la piscina, recuperamos nuestros yoes juveniles. Las canas se esfuman debajo de los gorros azul marino. Los ceños se desfruncen. Las cojeras desaparecen. Los hombres de barriga cervecera con dolencias de rodilla en la superficie se mecen delicadamente haciendo sus ejercicios, con cinturones de flotación de un naranja reluciente. Mujeres de talla grande, ya entradas en años, se vuelven ágiles y flexibles en el agua, elegantes como delfines, embutidas en sus bañadores de licra de efecto adelgazante. Los estómagos se aplanan. Se alzan los bustos. Resurgen las cinturitas perdidas tiempo atrás. «¡Ahí está!». Incluso la más rotunda de nosotras pilota su magnífico volumen por el correspondiente carril con desenvoltura y aplomo, majestuosa cual Queen Mary. «¡Mi cuerpo está hecho para flotar!». Y aquellos de nosotros que normalmente nos quejaríamos en tierra de la flacidez del rostro –cada año cuesta más que no se te caiga la cara–, nos deslizamos con serenidad por el agua, con la seguridad de saber que no somos más que una imagen periférica, borrosa, entrevista al pasar en las gafas tintadas y empañadas del nadador de la calle contigua.

Gente con la que hay que tener cuidado: crolistas agresivos, mariposistas impetuosos, espaldistas distraídos, submarinistas furtivos, hombres de mediana edad que se empeñan en acelerar en cuanto notan que va a adelantarles una mujer, los que van pegados al de delante, los nazis de calles acuáticas, los aspaventistas, los machacatobillos, el rey del ligue (en esta piscina no somos así), el mirón (un prestigioso presentador de programas infantiles de televisión en su vida de superficie, más conocido en el subsuelo por su rapidez para cambiarse de calle –¡Nueva nadadora joven en la calle cuatro!–, y el «casual» encontronazo subacuático: «Perdón»), la mujer de la calle cuatro de brazada amplia, excesivamente prolongada (demasiado yoga), la tres veces olímpica (dos medallas de plata en cien metros relevos, una de bronce en cien metros espalda) que está en segundo de Medicina y en la vida real parece muy distinta a la que salía en la televisión. «Pensaba que sería más alta», suelen comentar con decepción después de una de sus inesperadas visitas. Raras veces se la ve. Baja, se zambulle, nada –pausada, lánguidamente, sin esfuerzo aparente, aunque una de sus brazadas la lleva tres veces más lejos que a nosotros una de las nuestras– y después regresa a su vida de arriba. No la molestéis. No le pidáis un autógrafo. Es nuestra Garbo, y quiere que la dejen en paz.

Hay ciertos miembros de nuestra comunidad a los que solo te encuentras en el vestuario, pero nunca en la piscina propiamente dicha: la porfiada usuaria de hilo dental (vestuario femenino, lavabo del centro, aparece como un reloj tres veces al día), el ladrón de papel higiénico (vestuario masculino, una vez a la semana, nunca se lleva más del que necesita), el examinador de espejos («¿Estoy bien?», preguntará esta persona, y tú debes contestar con entusiasmo: «¡Sí, sí, estupendo!»), el afeitador meticuloso (a veces le lleva una mañana entera quitarse hasta el último pelo de la cara), la mujer corpulenta con chanclas desparejadas que se pasa horas debajo de la ducha con los ojos cerrados, las piernas muy separadas, enjabonándose furiosa, freméticamente, como si fuera su única oportunidad de asearse. Esas personas son inofensivas. Tienen sus motivos para estar aquí, como nosotros. No os asustéis por su presencia. No os burléis de ellas. Evitadlas, si podéis.

Porque llevan años viniendo aquí sin causarnos problemas y meterse con ellas ahora seguramente nos traería mala suerte en las calles de la piscina.

El socorrista accede a la piscina por una entrada distinta con el rótulo de SOLO PERSONAL, se sienta en un taburete alto de metal enfrente de las gradas de madera y se pasa horas mirando el agua. El socorrista lleva pantalones cortos blancos y camisa azul claro, y está a las órdenes del director de actividades acuáticas, un hombrecillo con gafas y cazadora desgastada cuyo despacho sin ventanas está enfrente de las máquinas expendedoras del entresuelo. El socorrista unas veces es un adolescente flaco y, otras, un adulto. De vez en cuando es una mujer joven. El socorrista llega tarde con frecuencia. Puntual o tardón, joven o viejo, hombre o mujer, el socorrista nunca dura mucho. El mes pasado el socorrista fue un informático en paro del pueblo de al lado. El mes anterior, el hijo del entrenador de fútbol americano de aquí. «Gente de tierra»: así los llamamos nosotros. Este mes el socorrista es un hombre de pelo oscuro y edad incierta que siempre lleva una radio pegada al oído. Imposible saber qué piensa, si es que lo hace. Responde a nuestros amistosos «hola» con una inclinación de cabeza apenas perceptible. Abundan los rumores sobre el nuevo socorrista. Tiene veintisiete años. Tiene cincuenta y ocho años. Está llorando. Está durmiendo. En realidad, todo le da igual. Sospechamos que preferiría estar en cualquier otro sitio. Porque salta a la vista el alivio –y algunos dirían el júbilo, apenas disimulado– con que toca el silbato al final de cada sesión y grita, con un ligero acento de Europa oriental, leve pero perceptible, las palabras que menos nos gustan: «¡Todo el mundo fuera!».

Los primeros momentos de vuelta en la superficie son siempre los peores. El sol demasiado radiante que se cuela implacable por entre las copas de los árboles. Los cielos insufriblemente azules. Los hombres de expresión preocupada y traje oscuro que entran y salen de forma precipitada de sus coches. Las madres delgadas, agotadas. Los perritos blancos embistiendo y mordisqueando con saña el extremo de las largas correas retráctiles. «¡Quieto, Freddy!». Las sirenas. Las taladradoras. El césped con su verde artificial. Con una profunda bocanada de aire, nos echamos la toalla húmeda por los hombros con desdén, ponemos pesadamente un pie detrás de otro y nos arrastramos desde el punto A hasta el punto B, con el pelo mojado y las rodillas temblorosas, las profundas marcas de las gafas aún alrededor de los ojos. «¡He vuelto!». Y aunque regresamos sin ganas a nuestra vida de la superficie, nos conformamos, porque aquí, en el reino de la troposfera, somos simples excursionistas.

Ya de noche, cuando estamos quedándonos dormidos, empezamos a darle vueltas en la cabeza a nuestra técnica. Nuestros codos podrían estar más altos; las piernas, más rectas (¡La patada desde la cadera, no la rodilla!); los hombros, más relajados. Nos imaginamos impulsándonos con fuerza desde la pared, con los dedos de los pies estirados y el cuerpo completamente extendido, y después girando de costado para empezar a bracear. «Imagínate que estás desplegándote sobre un tonel». El torso se vuelve aerodinámico. Los tobillos se sueltan. Adoptamos una actitud animada pero serena. «Solo es agua». Ejercitamos la respiración: inspiramos aire a pleno pulmón por la nariz y la boca y después fruncimos los labios y lo soltamos lentamente. Nos tapamos la cabeza con la manta y le susurramos a la almohada: «Cabeza y columna alineadas, cabeza y columna alineadas». Repasamos los errores del pasado cumplidamente, pero con desgana. «Estuve años conteniendo la respiración». Cuando nuestra pareja –aquellos de nosotros que la tienen– se da la vuelta adormilada y pregunta qué nos pasa, decimos: «Nada», o: «¿Mañana toca reciclar?», o: «¿Por qué crees que desaparecieron en realidad los dinosaurios?». Pero nunca decimos: «La piscina». Porque la piscina es nuestra y solo nuestra. «Es mi Valhalla secreto».

Si pasamos demasiado tiempo arriba, tratamos con desacostumbrada brusquedad a nuestros colegas, metemos la pata en nuestros programas, somos groseros con los camareros, a pesar de que uno de nosotros –calle siete, bañador minúsculo, negro y elástico, pies enormes, como aletas– es camarero; ya no complacemos a nuestros compañeros. «Ahora no». Y aunque hacemos grandes esfuerzos para resistir las ansias de descender –ya se pasará, nos decimos–, notamos que el pánico se acrecienta, como si estuviéramos perdiéndonos algo de nuestra vida. Un chapuzón rápido y todo arreglado. Y cuando ya no aguantamos más, nos disculpamos educadamente y abandonamos lo que estemos haciendo –comentar el libro del mes con el club de lectura, celebrar el cumpleaños de alguien de la oficina, poner fin a una aventura, deambular por los pasillos con luces fluorescentes del súper intentando recordar qué hemos ido a comprar («¿Galletas? ¿Chocolate?»)– para ir a nadar. Porque en ningún sitio sobre la faz de la Tierra estaríamos mejor que en la piscina, con sus anchas calles separadas por corcheras, claramente numeradas del uno al ocho, sus profundos rebosaderos, tan bien trazados, sus alegres boyas amarillas situadas a intervalos gratamente predecibles, sus entradas distintas pero iguales para mujeres y hombres, el cálido y envolvente brillo de las luces encastradas en el techo: todo ello nos produce una sensación de bienestar y orden inexistente en nuestra vida de arriba.

La impresión del agua: en tierra no hay nada comparable. El líquido fresco y claro discurriendo por cada centímetro de tu piel. El alivio temporal de la gravedad. El milagro de la flotabilidad mientras surcas sin trabas la lustrosa superficie azul de la piscina. «Es como volar». El puro placer del movimiento. La disipación de todo deseo. «Soy libre». De repente estás en lo más alto. A la deriva. Extático. Eufórico. Exultante. En un estado beatífico, como en trance. Y si nadas suficiente tiempo, ya no sabrás dónde acaba tu cuerpo y dónde empieza el agua, y entre el mundo y tú no habrá separación. Es el nirvana.

Algunos de nosotros tienen que hacer cien largos todos los días; otros, sesenta y ocho (mil seiscientos metros), o ciento dos (dos mil cuatrocientos), o nadar exactamente cuarenta y cinco minutos (Eduardo, calle dos), o hasta que desaparecen los malos pensamientos (sor Catherine, calle dos). Uno de nosotros no se fía de sí mismo a la hora de contar y siempre da algunas brazadas de más, «para estar seguro». Uno de nosotros siempre pierde la cuenta después de cinco. Uno de nosotros (el profesor Weng Wei Li, autor de *El consuelo de los números primos*) prefiere hacer exactamente ochenta y nueve. Una de nosotros asegura que alcanza la máxima felicidad en cuanto inicia el largo cincuenta y tres. «Me pasa siempre». Todos tenemos nuestros rituales. Uno de nosotros tiene que mirar –como con indiferencia– el cartel plastificado de la alarma antirrobo de la escalera antes de lanzarse a la piscina. Otro tiene que tomar tres sorbos de agua de la fuente oxidada antes de lanzarse a la piscina, a pesar del miedo al plomo de las cañerías o, como dirían algunos, debido a él («¡Yo es que soy de correr riesgos!»). Una de nosotros se niega a nadar por su calle habitual (la siete) si su exmarido va por la calle ocho. Uno de nosotros es su «nuevo» marido desde hace cinco años y medio, que lleva los últimos cinco años y medio nadando tranquilamente por la calle seis («Sé dónde debo estar») y haciendo como si no se diera cuenta de nada («Que lo solucionen ellos»). Hay entre nosotros firmes defensores de los estiramientos prenatatorios, y otros que sostienen con igual firmeza que lo mejor es después de nadar. Hay un espaldista en la calle cuatro que no puede salir de la piscina sin tocarse el gorro dos veces y contar hasta cinco. «No sé por qué». Y está Alice, que no se molesta en contar y nada lo que le apetece.

Si tienes alguna queja (alguien está hablando animadamente en voz demasiado alta, el reloj se ha parado, hay un nadador lento en la calle rápida, un nadador rápido en la calle lenta, tu toalla favorita, la del dibujo del tablero de Monopoly, ha desaparecido del vestuario, te duele un hombro, a tus gafas les entra agua, tu peluquero se ha vuelto loco...), no vayas a contárselo al socorrista. Porque, nueve de cada diez veces, no hará nada. Siéntete libre, eso sí, de solucionar tú mismo los problemas. Haz unos cuantos estiramientos de hombros. Busca otra peluquería. Aun a riesgo de parecer ruin, pon un cartel: ¿QUIÉN ME HA ROBADO LA TOALLA? Enfréntate al vocinglero, con educación pero con decisión, y pídele que baje el tono de voz. O, si lo prefieres, puedes informar del infractor de las normas a la dirección, escribiendo el nombre del culpable en un papel y dejándolo en el buzón metálico de sugerencias (también conocido como *buzón de denuncias*), en la puerta del despacho del director de actividades acuáticas. Pero ten en cuenta que desde ese mismo momento te arriesgarás a que te consideren un traidor y a ser objeto de nuestro más profundo desprecio. Las conversaciones se interrumpirán en tu presencia. «Ahí viene». Las compañeras del vestuario dejarán de saludarte. Te darán para siempre la espalda, desnuda y no precisamente bonita. Y un buen día, cuando salgas de la ducha, quizá descubras que tu bañador también ha desaparecido de forma misteriosa. Así que piénsatelo dos veces antes de señalar a otro nadador y de condenarle al peor destino posible: la expulsión permanente e irrevocable de la piscina subterránea.

El viraje. Algunos de nosotros pueden hacerlo, pero muchos, no. «Me da demasiado miedo», dice uno. Otro comenta que se pone peor del lumbago. Unos cuantos aspiran a conseguirlo –«Lo tengo pendiente»–, mientras que a otros les espanta la sola idea. «Lo intenté una vez y creí que me ahogaba». Una de nosotros siempre teme empezar el viraje demasiado tarde y estamparse la cabeza contra la pared. «Y eso que nunca me ha pasado». Uno de nosotros es un antiguo deportista universitario elegido entre los mejores del año cuyos virajes tremendamente elegantes son la envidia de todos. «Salpica lo justo». Una de nosotros al fin domina la técnica, a sus sesenta y tres años. «¡Nunca es demasiado tarde!». Una de nosotros la aprendió hace décadas y, aunque va considerablemente más lenta al aproximarse a la pared, la memoria muscular sigue codificada en las profundidades de las sinapsis de su cerebro. «No es más que una voltereta y un giro». Uno de nosotros está demasiado orgulloso de su viraje «rápido, genial... Es lo que más me gusta de lo que hago», mientras que otros fingimos indiferencia. «No es para tanto», decimos, y «Francamente, me da igual», porque, al fin y al cabo, venimos a la piscina para nadar, no para hacer piruetas.

Somos los primeros en reconocer que la vida ahí abajo tiene sus inconvenientes. Por ejemplo, no hay privacidad. Y existe muy poca variedad. «Llevo nadando a espalda por la calle tres los últimos veintisiete años, todos los días». Y aparte del manual para socios, un impreso con anillas arrumbado debajo de dos barritas energéticas mordisqueadas en el fondo de un cajón de la mesa del despacho del inspector de actividades acuáticas, libros hay muy pocos. Tampoco hay paseos marítimos, ni horizontes, ni siestas ni, lo peor de todo, cielo. Pero, como repetimos con entusiasmo, tampoco tenemos aguas revueltas, ni medusas, ni quemaduras del sol, ni relámpagos, ni internet, ni tonterías, ni gentuza ni, lo mejor de todo, zapatos. Y compensamos la falta de horizontes y cielos con la tranquilidad, porque una de las mejores cosas de la piscina es el breve alivio que nos ofrece del ruidoso mundo de arriba: los recortadores de setos, los arrancadores de maleza, los tocacláxones, los suenamocos, los carraspeadores, los crujepáginas, la música que suena incesante vayas donde vayas (en el dentista, en las tiendas, en el ascensor que te lleva a la consulta del otorrino por los pitidos raros en los oídos). «¡Quítemelos, por favor, doctor!». En cuanto metes la cabeza en el agua, se desvanece todo el ruido. Lo único que oyes es el sonido relajante de tu respiración, el chapoteo apagado de las patadas alternas de crol y espalda de tu vecino de la calle contigua, el rítmico subir y bajar de tus brazadas, un etéreo fragmento de canción, soñadora y neblinosa, que arrastra el denso aire clorado... Vaya, si es Alice cantando *Dancing on the Ceiling* mientras se pone el gorro de flores blancas. «El mundo es lírico porque un milagro...». Pero la mayor parte del tiempo solo estáis tú y tus pensamientos mientras te deslizas por el agua fresca y clara.

Una de nosotros, periodista especializada en salud del *Daily Tribune,* que está gozosamente embarazada de su quinto hijo a los cuarenta y cinco años, comprendió que su padre padecía la enfermedad de Huntington, que no le habían diagnosticado, mientras nadaba. «Y yo que pensaba que estaba loco». Uno de nosotros prepara su clase semanal de astronomía mientras nada y, cuando acaba, sale de la piscina y se sienta en las gradas a escribir en su bloc amarillo. «Saludos, terrícolas»: así empieza siempre. Uno de nosotros tiene memoria fotográfica y resuelve el crucigrama diario todas las mañanas mientras nada. «Si me lleva diez minutos, diez minutos que nado. Si tardo una hora, pues una hora». Una de nosotros repasa sus objetivos del mes mientras nada: diversificar la cartera financiera, dejar de picar entre horas, de hacer olas, a Doug. Alice clava la mirada en la raya negra del fondo de la piscina mientras nada, y en su cabeza se suceden escenas de su infancia. «Estaba saltando a la comba en el desierto.

Estaba buscando conchas en la arena. Estaba mirando debajo del frambueso para ver si las gallinas habían puesto más huevos». Y aunque no recordará nada en cuanto vuelva a su vida de arriba, se sentirá animada y despierta el resto del día, como si hubiera hecho un largo viaje.

Si te topas inesperadamente con un socio de la piscina en la superficie, es posible que te pongas nervioso y te sonrojes, como si os encontrarais por primera vez, aunque a lo mejor llevas viendo a esa persona todos los días, chorreando y prácticamente desnuda, más de diez años. «No la he reconocido con la ropa», pensarás. O: «La camisa le queda demasiado ajustada». O: «¡Esos vaqueros, a su edad!». Y después ya no serás capaz de ver a esa persona de la misma manera. O a lo mejor te quedas mirando a un desconocido en la farmacia sin saber por qué y de repente caes en la cuenta: «Es el tío del esnórquel que siempre va por la calle tres. ¡Y también toma Lipitor!». O a lo mejor vas en el coche al centro comercial y de repente te parece tener un *déjà vu* especialmente intenso cuando alguien te adelanta a toda velocidad, insultando y moviendo la cabeza, mientras toca el claxon sin parar. Pero si es Suzette, tu compañera de calle, en su imponente BMW negro, adelantándote en tierra con la misma cortesía que allí abajo. «¡Venga ya, Su!», gritas, pisando el acelerador y dedicándole un breve bocinazo. O vislumbras a Alice cuando sale de la farmacia –«Iba toda despeinada y con los pantalones del revés»– y te paras un momento a preguntarle qué tal está. «¡Estupendamente!», te dice. «¡Nos vemos en la piscina el próximo día!». Y cuando la ves entonces, está en plena forma, fantástica con su bañador verde y blanco con faldita, extendiendo grácilmente un brazo tras otro en el agua, haciendo unos plácidos y líquidos largos.

Después de Año Nuevo y otras festividades importantes durante las que se han ingerido sin cesar preocupantes cantidades de comida, quizá observes una repentina afluencia de nuevos nadadores, locos por librarse de los kilos de más. Nadadores de atracón: así los llamamos. Se meten en el agua sin ducharse. No se acuerdan de ponerse el gorro. Se cuelan por debajo de las cuerdas y enredan entre las calles. Tratan mal a Alice. «Apártese, señora». No acatan nuestras normas. Si les das un golpecito en el talón, se vuelven rápidamente, indignados. «Oye tú, sin tocar». En no pocos casos están convencidos de que son rápidos, pero tras un alarde inicial de faroleo y velocidad, a veces llegan a un punto muerto, en medio de un largo, y se quedan colgando de las cuerdas, jadeantes, de modo que se produce un atasco con los que van detrás. «Aquí, descansando un poco», dicen. Intenta no enfadarte con ellos.

No los juzgues si puedes evitarlo. Porque son profanadores temporales de nuestras aguas, intrusos sin fuerza de voluntad que no pasarán mucho tiempo con nosotros. Después de un par de semanas perderán el interés y las calles volverán a su estado normal, con menos aglomeración.

Que la piscina es nuestra y solo nuestra es una ilusión, por supuesto. Sabemos que hay otros usuarios con un vínculo igualmente fuerte con nuestras aguas. Los preparadores de natación del triatlón, por ejemplo, que entrenan los domingos de cuatro y media a seis de la tarde. O los del club de submarinismo aficionado (martes y jueves de doce a una). O la clase de natación de renacuajos, para niños menores de cinco años (los sábados de una a dos). Y si se te olvida el horario y un día bajas a las siete de la mañana en lugar de a las ocho, por ejemplo, te toparás con el equipo de natación máster entrenando bajo la exigente mirada del preparador Vlad, famoso en la ciudad. «¡Vamos! ¡Vamos! ¡Vamos!». Y mientras los miras allí plantado atravesando las calles de punta a punta como torpedos; cada brazada, perfecta; el cronometraje, exquisito; el más lento de sus nadadores capaz de dejar en ridículo al más rápido de los nuestros (con excepción de la exolímpica), quizá te preguntes qué has estado haciendo tú todos estos años. «Juraría que he estado nadando».

Tal vez sean ellos los auténticos nadadores y nosotros, solo unos pálidos facsímiles. Pero te quitas esta idea de la cabeza rápida, muy rápidamente, mientras cierras la pesada puerta de metal a tus espaldas –¡Error!– y sales en silencio. Y cuando vuelves una hora más tarde para tu sesión habitual de las ocho, es como si ellos nunca hubieran estado allí. Las tablas para ejercicios de piernas están cuidadosamente colocadas por colores en dos montones pegados a la pared. Las calles están vacías; el socorrista está subiéndose ahora a la silla. Te quitas las chanclas y te lanzas al agua azul, inmóvil. «¡El primero en entrar!».

De vez en cuando uno de nosotros desaparece un par de semanas y en la superficie se hacen preguntas. Se envían correos electrónicos. Se dejan mensajes de voz. Se escriben anticuadas notas a mano en finas hojas de papel pautado que se doblan pulcramente en cuatro y se echan por debajo de las puertas de las casas. «¡Hola! ¿Todo bien?». No suele ser nada grave. Una tendinitis en el hombro («Mi perro, que da unos tirones tremendos»). Formar parte de un jurado. El retiro anual obligatorio de la empresa. Una visita que se niega a marcharse. O sencillamente que se te ha olvidado, como le pasa a Alice. Pero con cierta frecuencia las noticias no son buenas: «Lo ha dejado». A veces un nadador recibe de manera inesperada el ultimátum de un cónyuge infeliz en tierra: o la piscina o yo. O después de veinticinco años se despiertan una mañana incapaces de soportar la simple idea de dar una brazada más: «De repente todo parecía absurdo». Y se acabó; no volvemos a saber nada de ellos. Pero a cuantos nos han dejado –voluntaria o involuntariamente, o coaccionados–, solo queremos decirles una cosa: que podéis volver en cualquier momento y ocupar vuestra calle de siempre. No os preguntaremos nada («¿Dónde te habías metido?»). No os echaremos en cara vuestra ausencia. Prometemos daros una calurosa bienvenida, pero con respeto y sin montar demasiadas alharacas. «Me alegro de volver a verte», diremos, o «Vaya, cuánto tiempo». Pero ten en cuenta que, a la segunda vez que nos dejes, ya no podrás volver.

Una vez al año, a mediados de agosto, cierran la piscina diez días para labores de mantenimiento y reparación, y hacemos todo lo posible para volver a conectarnos con nuestra familia y nuestros amigos, relegados en tierra. Vamos a tomar una copa después del trabajo con nuestros colegas, llamamos a nuestras madres, tomamos el aperitivo, almorzamos, damos largos paseos por el parque después de comer. Intentamos ponernos al día con todas las cosas que llevamos meses aplazando: renovar el dichoso carnet de conducir, pedir cita para la colonoscopia, quitar el polvo, limpiar, blanquear las junturas de los azulejos del baño. Muchos de nosotros, en aras de la armonía marital, dedicamos ese tiempo a prolongar las vacaciones en la superficie con nuestras parejas. Pero en cuanto volvemos a casa –antes de abrir el correo, de deshacer las maletas, de ventilar la casa y deambular de una habitación a otra, aturdidos por el desfase horario, disculpándonos con nuestras flores marchitas y regando a la desesperada las plantas moribundas–, volvemos a salir escopetados por la puerta. «Tengo que hacer unos largos». A Alice siempre se le olvida que la piscina está cerrada y se la ve todos los días a las dos de la tarde llamando en la entrada de arriba, pero el edificio está oscuro y todas las puertas cerradas, y piensa si será que el mundo ha tocado a su fin. «¡Eh! ¡Eh! ¿Hay alguien?».

Bolitas de algodón, anillos de boda, la mitad de una dentadura postiza, dos retenedores de ortodoncia, 42,58 dólares en monedas, tres euros (visitantes recientes), un reloj Patek Philippe (aún funcionando) con pulsera extensible, una ratonera de madera (sin ratón), un pato de goma amarillo (desinflado), unas gafas con montura de cuerno de búfalo con la lente derecha (trifocal) ligeramente rajada: algunas de las cosas que han ido resbalando hasta el fondo de nuestra piscina en el transcurso de los años. No sabemos con certeza dónde están los dueños de esos objetos. Quizá se hayan marchado del barrio y estén nadando en cuerpos de agua extranjeros y, en opinión de algunos, superiores: el Egeo, el lago Lemán, Bahía Montego, la piscina cubierta del hotel Ritz de París («Más que nadar, es flotar y mecerse en el agua»). Quizá estén tomando el sol en la Costa Azul. Quizá sigan entre nosotros, nadando, sin saber que han perdido algo. Quizá seas tú. En tal caso, coge el carnet de identidad y sube los dos tramos de escalera hasta Objetos Perdidos, en el nivel III. Todos los objetos encontrados se guardan en el sistema de recuperación (un contenedor grande de plástico azul detrás del trastero) durante dos semanas y después se tiran, se donan a una organización benéfica o pasan a manos de Stu, el hermano del director de actividades acuáticas. Si tienes la suerte de encontrar lo que estuvieras buscando, no te pongas a dar puñetazos al aire gritando «¡Síííí!». Bastará con un sencillo «gracias» al encargado de Objetos Perdidos. Si resulta que no tienes suerte, haz como si el corazón no te diera un vuelco y dile con tranquilidad al encargado, quitándole importancia al asunto: «Bueno, era solo un trasto». Y en ningún caso preguntes por Stu.

Los hay que consideran excesiva nuestra dedicación a la piscina, por no decir patológica. «Siento mucho esa compulsión tuya de hacer exactamente sesenta y ocho largos». Pasar demasiadas horas ahí abajo, nos dicen nuestros críticos, es una desviación, una distracción, el abandono de nuestros deberes en tierra y, además, malsano. Nos recuerdan los peligros de la otitis, la conjuntivitis, los microbios del agua, el síncope de las aguas superficiales, el daño irreparable que produce el cloro en el pelo. «Se pone como la paja». «¿Es de verdad necesario hacer lo mismo, a la misma hora, todos los días, una semana tras otra, un año tras otro, invariablemente?», nos preguntan. «¿Y andar? ¿Y el sol? ¿Y las excursiones al campo? ¿Los pájaros? ¿Los árboles? ¿Y yo?», nos preguntan a veces nuestros amigos y familiares con enfado. Y a continuación se ponen a enumerar nuestros defectos: nuestro carácter primordialmente solitario; nuestras ansias de orden; el intenso deseo, que excluye todo lo demás, de estar a solas en el agua con nuestros pensamientos y nada más; la obsesión de contar, como si el número de largos –nuestro «kilometraje»– fuera en cierto modo la verdadera medida de nuestra valía; nuestro disimulado desdén por quienes deciden residir permanentemente arriba («Os creéis que todos somos gente de sofá»); la convicción de que no se ha vivido un día como es debido si no hemos estado ahí abajo, en el agua; la incapacidad para tolerar ni el mínimo desvío de nuestra rutina («¡Pero entonces no podré ir a nadar!»); la aversión al caos y la espontaneidad, a la vida, en realidad. «Eres un aburrido». Relájate, nos dicen. No vayas un día. Sáltate dos días.

Haz sesenta y siete largos en lugar de sesenta y ocho. ¿O acaso queremos pasarnos el resto de la vida chapoteando en una caja de cemento gigantesca?

La respuesta es, por supuesto, que sí. Porque, para nosotros, nadar es algo más que un pasatiempo: es nuestra pasión, nuestro consuelo, una adicción que hemos elegido, lo que nos ilusiona más que ninguna otra cosa. «Es el único momento en que me siento vivo de verdad». Nos mantiene centrados y concentrados, ralentiza el proceso de envejecimiento, reduce la tensión arterial, mejora la resistencia, la memoria, la capacidad pulmonar, la actitud ante la vida misma. Es más: si no fuera por la piscina, probablemente estaríamos todos muertos. Así que, a nuestros detractores –y a cuantos aseguran que se trata tan solo de «endorfinas»– les decimos: bajad aquí un día, probadlo, os invitamos. Coged una toalla, poneos el bañador y el gorro, y acercaos al borde de la piscina subterránea. Colocaos bien las gafas, extended los brazos al frente, con una mano encima de la otra, los pulgares cruzados, la barbilla metida hacia el pecho, y abandonaos a la embriaguez de la zambullida. Ya veréis. Una vez dentro del agua, no querréis salir jamás.

Sabemos que, naturalmente, no podemos quedarnos ahí abajo para siempre. Nuestras parejas se ponen enfermas y necesitan cuidados veinticuatro horas al día. «No puedo dejarla sola». Se pierden trabajos. Se dejan de pagar cuotas de la hipoteca. Los medicamentos ya no funcionan. Los linfocitos caen en picado. Las coartadas se desarman. Los aviones se caen. El informe de la biopsia da positivo. Hay una mancha en tu radiografía que antes no estaba. Resbalas en la alfombrilla antideslizante de la bañera y te destrozas la rodilla izquierda. Vas al hospital para una intervención rutinaria de estética y ya no sales. No haces caso del lunar. Se te olvida cambiarle la batería al detector de humos. No miras en ambas direcciones antes de cruzar la calle (la primera vez en tu vida). Un día te despiertas y ni siquiera recuerdas tu nombre (es Alice). Pero hasta que llegue ese momento, centras la mirada en esa línea pintada de negro al fondo de tu calle y haces lo que debes: seguir nadando. Llevas un ritmo constante pero pausado. «No es necesario correr». Estás en bastante buena forma. Estás tranquila. Al fin has vuelto a tu elemento. «Un largo más y ya termino», te dices.

La grieta

Al principio es apenas visible, una tenue línea oscura justo al sur del desagüe, en el extremo más profundo de la calle cuatro. Revolotea brevemente allí abajo cuando nadas por encima y, en cuanto desaparece de tu campo de visión, la olvidas, como un sueño que se desvanece al despertar. Si parpadeas, o tuerces la cabeza hacia la luz para tomar aire o sencillamente contemplar el físico privilegiado del nadador de la calle contigua, no la distinguirás. Muchos de nosotros, mayores y ya sin vista de lince, ciegos sin las gafas, no vemos grieta ninguna. O si lo hacemos, la tomamos por otra cosa: un trozo de cuerda, un pedazo de cable, un arañazo en la lente de las gafas de natación. Una de nosotros la confunde con algo suyo, como le pasa con casi todo.

«¡Creía que tenía una mota en un ojo!», dice. Y para los que somos nadadores más lentos y pasamos la mayor parte del tiempo –la mayor parte de nuestra vida, o eso nos parece muchas veces– flotando y meciéndonos en la parte menos profunda de la piscina, la grieta no es más que un rumor, una noticia de una calle lejana a la que no prestamos atención.

Pero uno de nosotros sale del agua en cuanto ve la grieta y se marcha sin decir palabra. «Cita con el dentista», dice alguien. Otro suelta: «Se ha asustado». Fuera cual fuese el motivo de su precipitada marcha, no hemos vuelto a saber nada de él desde entonces.

Durante varios días observamos preocupados la grieta y esperamos que pase algo. Que se ensanche, que se oscurezca, que cambie de forma o que se reproduzca, como un virus, en las calles siete y ocho. Pero sigue tenaz, silenciosa, inefablemente igual, una minúscula fractura no más larga que el antebrazo de un niño en el fondo de nuestra piscina.

Algunos de nosotros creemos que da mala suerte nadar por encima de la grieta y empezamos a evitar a toda costa la calle cuatro. «Mejor hago unos ejercicios», decimos. Cogemos una tabla para ejercicios de piernas y nos dirigimos tranquilamente, como si tal cosa, a la calle uno o dos. Otros, en las calles tres y cinco, sienten curiosidad por la grieta y no dejan pasar la oportunidad de lanzar una mirada de reojo siempre que pueden. Una de nosotros, gestora de eventos que trabaja en negro en su vida de arriba, con una brazada enérgica y resuelta, dice que ha decidido ignorar la existencia de la grieta –«Me niego a que ella tenga el control» –, pero, aun así, le echa un vistazo cada vez que pasa por encima, prácticamente en contra de su voluntad. «Es que me siento obligada». Otro asegura que la última vez que pasó nadando por encima de la grieta notó un tirón hacia abajo, leve pero insistente –«Como si estuviera sobrevolando el Triángulo de las Bermudas»–, mientras que algunos apenas le damos importancia. Alice se olvida de la grieta en cuanto sale del agua, y siempre que alguien saca el tema en el vestuario lo mira como si estuviera loco. «¿Qué grieta? No hay ninguna grieta», dice.

Pero hay algunos entre nosotros incapaces de acallar la inquietud. ¿Y si la grieta es un síntoma de un deterioro sistémico muy arraigado? ¿O una anomalía geológica? ¿O la manifestación de una falla geológica subterránea que lleva años agrandándose de manera sigilosa? Otros se burlan. La grieta es totalmente superficial, dicen. La mancha de herrumbre de una horquilla rebelde que se le desprendió del pelo a Alice. «No siempre se acuerda de ponerse el gorro». O a lo mejor es falsa, dice alguien. O una obra de arte. O las dos cosas: una obra maestra del trampantojo. «No hace falta más que un borde recto y un rotulador de punta fina». Otro señala que la grieta no es una grieta, sino una herida que acabará por curarse y cerrarse, y solo quedará una levísima cicatriz. Pero de momento necesita respirar. «Hay que darle tiempo», nos dicen.

Por último, llaman al socorrista para que zanje el asunto de una vez por todas. Mira detenidamente el agua azul y clara, el silbato plateado colgando del cordón negro enredado que lleva atado alrededor del cuello, y dice, moviendo la cabeza: «No es nada».

Aun así, a muchos de nosotros nos sigue preocupando. Porque lo cierto es que no sabemos qué es. Ni lo que significa. Ni si significa algo. Quizá la grieta sea solo una grieta, nada más y nada menos. «Igual con un poco de masilla se arreglaba». O a lo mejor es una rotura. O una sima. Una fosa de las Marianas en miniatura. Un desgarrón minúsculo en el tejido de nuestro mundo que ni con toda la buena voluntad puede arreglarse. Por supuesto, ninguno de nosotros va a sumergirse para tocarla. «Me da miedo», dice uno. Otro dice: «Creo que voy a vomitar». Y un tercero: «Ojalá no la hubiera visto. Ya nada volverá a ser como antes».

Todos tenemos preguntas: la grieta, ¿es efímera o duradera? ¿Trivial o profunda? ¿Maligna, benigna o –el moralista James, de la calle dos– moralmente neutra? ¿De dónde ha salido? ¿Qué profundidad tiene? ¿Hay algo ahí? ¿Quién es el culpable? ¿Podemos revertirla? Y, lo más importante: ¿por qué nosotros?

«Lo estamos mirando», nos dice el director de actividades acuáticas. Lo único que puede asegurarnos es que la grieta no es un escape. La presión del agua sigue constante. El nivel de la piscina no ha descendido. No se han detectado filtraciones en el terreno circundante, y los cimientos siguen sólidos e intactos. Dentro de poco se personarán los inspectores para evaluar la grieta y localizar la causa, y se realizarán más revisiones según vaya evolucionando la situación. «Son cosas que pasan», nos dicen. Lo más probable es que la grieta sea un fenómeno transitorio ocasionado por la reciente tendencia ascendente de las temperaturas, y al final del verano todo habrá pasado, predicen los responsables de la piscina.

En cuanto a quién de nosotros vio primero la grieta, es un asunto objeto de encarnizado debate. Algunos dicen que tuvo que ser Vincent, el extraficante de drogas de la calle cinco, que está pendiente de su entorno de maneras que a los demás nos resultan ajenas. «Cualquiera diría que conoce el fondo de la piscina como si fuera su barrio». Pero Vincent insiste en que en cuanto entra en el agua «desconecta de todo». Lo único que ve es la línea negra que recorre el centro de su calle. Nada más. Otros sostienen que «técnicamente» podría haber sido Alice, que se fija en todo como si lo viera por primera vez («¡Llevas una toalla en la cabeza!», a lo mejor te dice en el vestuario) y lo olvida de inmediato. Pero nos planteamos lo siguiente: ¿puede decirse que has visto algo si no recuerdas qué es lo que acabas de ver? Y otros razonan que lo más importante no es quién vio la grieta primero, sino que se haya visto. Quizá haya estado ahí todo el tiempo, a la espera de darse a conocer.

En la superficie seguimos con nuestra vida de siempre: contamos nuestras píldoras, asistimos a reuniones, vamos de compras, comemos, calmamos a nuestros colegas («Lo que creo que estás diciendo es...»), seguimos el protocolo, miramos fijamente las pantallas... Pero nada parece real. «No paro de pensar en eso». Incluso a los que aseguramos que la grieta no nos afecta, de vez en cuando nos invade la agobiante sensación de que algo va mal, pero no recordamos qué. ¿Se nos habrá olvidado hacer una copia de seguridad de los archivos? ¿Hemos fijado los tipos de la hipoteca? ¿Hemos apagado la cocina? ¿Hemos aplicado generosas capas de protector solar a intervalos regulares de dos horas por toda la superficie expuesta de manos, brazos y cara? O a lo mejor estamos hablando con nuestro cónyuge y le vemos mover la boca, pero de repente nos da la impresión de que está a miles de kilómetros de distancia. «¿Qué pasa?», nos dicen. O: «Pero, cielo...». O: «¡Que empieza el telediario!». Y de pronto, una imagen flota brevemente ante nuestros ojos –una línea tenue, borrosa–, y durante unos momentos no sabemos ni qué día es, ni con quién estamos hablando ni por qué. Entonces movemos la cabeza y, tan rápido como había aparecido, la imagen se esfumará –se ha perdido– y volvemos a nuestra vida cotidiana. «No sé», decimos. O: «Todo». O: «Me da la impresión de que me estoy volviendo loco».

A algunos de nosotros nos preocupa que la grieta sea en cierto modo culpa nuestra. Nos avergüenza, como si fuera una mancha, un defecto, una marca indeleble, una mácula moral que ha recaído sobre nuestra alma. «No deberíamos haber impedido la entrada de niños a la piscina», dice uno. Y otro: «Deberíamos haber sido más amables con el último socorrista». «Es una venganza por la campaña secreta para echar a los de natación sincronizada hace dos veranos», sugiere alguien más. (Aunque se lo tenían merecido, señala otro: «Menuda pandilla de creídos»). «En serio, ¿teníamos que echarle la culpa a la administración de cualquier tontería que pasara?», pregunta alguien. «¿Y montar tanto jaleo por la última subida de la cuota anual?», pregunta otro. «Esto es lo que se consigue cuando lo único que hacemos es quejarnos y nada más que quejarnos», dice otro. «Y aplazar las obras de mantenimiento tres de los últimos cuatro años», apunta otra persona. «Me gustaría que...», dice Alice, y su voz se apaga. «Bueno, qué más da lo que a mí me guste». «Qué malas vibraciones hay por todos lados», concluye otro.

Diez días después de la aparición de la grieta, los inspectores reconocen que «todavía no sabemos qué demonios es». Aunque se tiene noticia de grietas parecidas e igualmente inexplicadas en otras piscinas de Estados Unidos e incluso de países tan lejanos como Japón (Tokio, hotel Okura, piscina interior, calle tres: grieta educada); Dubái (Bab Al Shams Desert Resort and Spa, piscina infinita, zona de *jacuzzi*: grieta de cinco estrellas) y Francia (París, Piscine Pontoise, juntura de suelo y pared bajo la escalerilla: *fissure française*), ninguna de ellas es exactamente igual que la nuestra. «Esto no tiene precedentes», dice Brendan Patel, profesor de ingeniería estructural en el instituto politécnico de la ciudad. Christine Wilcox, investigadora del Servicio Geológico de EE. UU., dice que posiblemente la grieta sea consecuencia de un microtemblor subterráneo demasiado débil para ser detectado por los sismómetros locales, que no muestran una actividad terrestre inusual en la zona en los últimos treinta días. Pero también podría ser que no, añade. Nos aseguran, no obstante, que la grieta no representa un peligro inminente, ni para nuestra salud ni para nuestro bienestar, y que el agua es segura. «Pero está por ver si seremos capaces o no de llegar al fondo de este asunto», dice la asesora del grupo de trabajo de actividades acuáticas, Carol LeClerc.

Eleanor, asidua desde hace tiempo en horario matutino, vacía discretamente su taquilla y dice que no va a volver. «Creo que me voy a apuntar a clase de yoga», cuenta. Michael, que practica ejercicios de carrera por el agua, anuncia que él también deja la piscina «hasta que los expertos solucionen este asunto», y durante los tres días siguientes Alice no es la persona animosa de siempre. «¿Dónde está Mike?», pregunta una y otra vez. Pero los demás seguimos nadando con valentía y audacia. Aunque nos preguntamos: ¿hay algo que Mike y Eleanor saben y que nosotros, contadores de brazadas, aradores de calles, negacionistas convencidos de la luz del sol y el aire fresco (no nos hacen ninguna falta), no conocemos?

Lo que sabemos de la grieta hasta la fecha: no es consecuencia del mal funcionamiento de la válvula de alivio de la presión hidrostática (Ted Huber, inspector de piscinas, ABC Pool & Spa: «La válvula está bien»), ni de perforaciones ilegales y fuera del horario permitido en una obra próxima (Al Domenico, director de proyectos, Integrity Construction: «Nosotros no hemos sido»). No es un desastre, de ninguna manera (Isabel Grabow, portavoz de la piscina: «Esto no es de ninguna manera un desastre»), ni una amenaza (Larry Fulmer, director de Riesgos de Seguridad: «Lo digo en serio»), aunque existe una pequeñísima posibilidad de que haya un error (Edison Yee, matemático del departamento de Estructuras: «Nos referimos a que, como mucho, es estadísticamente insignificante»). «Vaya, nos hemos equivocado de piscina». Aunque la grieta parece ser de naturaleza dócil y no desearnos ningún mal, desconocemos sus verdaderas intenciones y nos tiene desconcertados. Los inspectores continuarán investigando toda posible causa, natural y artificial, y, mientras tanto, los responsables de la piscina ruegan la colaboración de cualquier experto cualificado que pueda aportar una explicación incluso remotamente verosímil.

Uno tras otro dejamos nuestras propuestas en el buzón de sugerencias que hay en la puerta del director de actividades acuáticas. Jonathan, de la calle tres: «Es un rasguño superficial». Francesca, que anda por el agua: «De origen idiopático». La heredera desheredada del casino que tiene rodillas con articulaciones dobles, de la calle cuatro: «¿Un estigma quizá?». La pastora Eileen, exentrenadora de natación de instituto y nadadora elegida entre los mejores del año de su estado: «La prima flaca de la línea pintada de negro». George Uno: «Es un insulto». George Dos: «Es una broma». George Tres: «Es un toque de atención, y de los gordos». El nuevo de la calle seis, el del *piercing* en el ombligo y el tatuaje del yin y el yang: «Es nuestra falla de san Andrés particular». Geraldine, gestora de reclamaciones médicas y entusiasta nadadora de la calle cinco: «No es problema nuestro. Es una situación preexistente que no ocurrió en nuestro turno». Marv, nuestro catastrofista residente y espaldista más elegante: «Es una señal de arriba de que nuestro tiempo aquí abajo ha acabado». La última en opinar es Elizabeth, jueza de tribunal de circuito jubilada, que garabatea unas palabras en el reverso de su última multa de tráfico impagada y la mete en el buzón del director de actividades acuáticas: «Delito de comisión interna».

Hay otras explicaciones de la aparición de la grieta, aportadas por la comunidad de arriba, como el desplazamiento del terreno, el hormigón chino defectuoso, un socavón inminente, un intento desesperado de llamar la atención, un desastre natural, algo relacionado con la geología profunda y (Sahara, la astróloga del barrio):

«... un raro y desafortunado alineamiento de los planetas de un modo especialmente maligno». El profesor de astronomía Nate Zimmerman no tarda en tachar el «supuesto desfile de planetas» de Sahara de «montón de chorradas». «¿Dónde está la ciencia ahí?», pregunta. También tenemos la teoría de la expansión de la Tierra («¿Acaso necesitamos más pruebas de que nuestro planeta está a punto de reventar?», pregunta Bob Esposito, dueño de la ferretería Ace), la teoría de la broma cósmica («Ja, ja, ja»), la teoría de la conspiración (Rick Halloran, tesorero del Rotary Club: «Han sido los saudíes») y la teoría de las vibraciones producidas por el tráfico pesado en la autopista (también conocida como teoría «del tráiler» o «del estruendo»). Aunque persuasivas, ninguna de estas conjeturas ha resultado concluyente. «Nos agarraríamos a un clavo ardiendo», dice Theresa Boyd, inspectora jefa de Salud Medioambiental y Calidad del Agua.

Tal vez la teoría más crispante sea la de la enfermedad psicogénica colectiva, defendida por un grupo pequeño pero escandaloso de no nadadores de la superficie (los que niegan la existencia de la grieta), que, sin haber bajado ni una sola vez a la piscina, sostienen que la grieta es un fenómeno puramente «ilusorio» o «autogenerado» *–a folie à deux–*, y que si todos nos tranquilizáramos un poco y dejáramos de pensar en ella noche y día, sencillamente desaparecería. Sin embargo, el problema de esta teoría consiste en que, en cuanto ves la grieta, o crees haberla visto, se aloja de manera callada, sin que tú notes nada, en los recovecos de tu cerebro. Y cada vez que pasas por encima nadando, o incluso si solo has oído algo de pasada («¿Han dicho que es contagiosa?»), se te incrusta más profundamente en los circuitos neuronales. Y cuando quieres darte cuenta, ya no se despega de ti. «Es lo primero que acude a mi mente cuando me despierto por la mañana y lo último en lo que pienso por la noche antes de quedarme dormida», dice alguien. Otro dice: «Francamente, estoy obsesionado». «Lo que quisiera saber es ¿qué surgirá de esas profundidades, si es que aparece algo?».

Sin embargo, nos animan los resultados del estudio más reciente, que indican que las grietas como la nuestra –indefinida, apenas visible, casi imperceptible a simple vista, tímida, en una palabra– suelen ser de naturaleza indolente, no agresiva, y se extienden a paso de tortuga. «Estas cosas pueden quedarse ahí sin más, sin hacer absolutamente nada, durante años», dice Henry Mulvaney, ingeniero jefe de la empresa de ingeniería geotécnica Mulvaney & Fried, que cuenta con la aprobación de la dirección. Mientras que si una grieta «auténtica» se descuida siquiera unas horas, puede desbocarse con facilidad e invadir una piscina entera de la noche a la mañana. «Es algo que vemos muchísimas veces». Su valoración definitiva: que la nuestra es más una pregrieta que una grieta propiamente dicha. «No hay de qué preocuparse», concluye. Pero la profesora Anastasia Heerdt, investigadora independiente y experta en fallos forenses, nos advierte de que no nos tomemos demasiado en serio la valoración «buenista» del ingeniero Henry Mulvaney. «Les dice lo que quieren oír», afirma. ¿Su consejo? «Sigan nadando mientras puedan».

«Esto no me gusta nada», dice Gary, de la calle cuatro, normalmente muy lanzado. Sheila, de la calle siete, reconoce que en los últimos tiempos lo único en lo que puede pensar cuando se lanza al agua es: «¿Por dónde puedo salir?». Dennis, que practica el estilo de lado, dice que va a salir mientras –uno, dos, tres– alza ágilmente su considerable volumen hasta el borde de la piscina. «Ya está bien». Walter, de la calle tres, confiesa que en realidad no le gusta «tanto» nadar (nosotros no teníamos ni idea). «Me lo manda el médico», explica, y no piensa volver pronto, «si es que vuelvo». («Ese tío andaba buscando una excusa para dejar de nadar», comenta su compañera de calle, Vivian). Ruth, de la calle seis, dice que, aunque le horroriza reconocerlo –«Es como una traición»–, está pensando en probar en otra piscina. Alice dice: «Pero si no hay otra piscina». Saul apostilla: «Pues es verdad». A Randall (cadena de oro, flotador para ejercicios de brazos, bañador con estampado de Mondrian), que siempre viene a mediodía, le oyen decir en el vestuario masculino que está «harto de la movida de la piscina», y también desaparece al día siguiente. Pero los demás seguimos nadando, cabezones.

Como los días pasan sin más incidentes –no aparecen más grietas, y la ya existente, «nuestra» grieta, no se desplaza ni un milímetro–, empezamos a animarnos, y la inquietud va disipándose poco a poco. Porque se nos pasa por la cabeza que, al fin y al cabo, quizá la grieta no sea tan terrible. «Si la ves como una simple línea, no asusta tanto». Avergonzados del alarde de cobardía del principio, varios de nosotros ahora pasamos nadando valientemente por encima de la grieta a la menor ocasión. Quienes evitaban la calle cuatro vuelven a ella abochornados. Los agoreros que vaticinaban caos y tinieblas –«Esto es el principio del fin»– reconocen que quizá exageraban, o incluso –sí, se dan casos– que se habían equivocado. Y aquellos de nosotros que antes vigilábamos expectantes la grieta cada vez que bajábamos a la piscina, hemos dejado de hacer las «revisiones» rituales pre y posnatación. «¡Se me ha olvidado!». Y estamos tranquilos por primera vez en semanas.

«Se puede aprender a vivir con cualquier cosa», repetimos. Y «todo ocurre por alguna razón». Y (el rabino Abramcik, de la calle tres): «Esto no es más que una desgracia menor de una larga serie de continuos infortunios». La señora Fong, de la calle cuatro, dice con indiferencia: «En peores situaciones me he visto». Y algunos de nosotros –los que ven el lado bueno en toda ocasión, siempre optimistas– aseguran sentir verdadera gratitud por la repentina e inesperada intrusión de la grieta en nuestra vida subterránea, tan predecible. «Brazada, brazada, respirar, brazada, brazada, respirar». «¿Quién sabe? –dice Glenn, pensador positivo de la calle siete–. A lo mejor aprendemos algo de provecho». Nos sentimos reanimados por la grieta, incluso estimulados, como si nos hubieran elegido para un destino especial. «A ver, que esto no le pasa a cualquiera», dice alguien. Y otro: «Aporta un elemento de sorpresa». «Es una sorpresa», dice Alice. Otro afirma: «Yo tengo la impresión de que es justo lo que llevaba esperando toda la vida».

Pero en los momentos más sombríos pensamos, sin poder evitarlo: «Sí, no hay mal que por bien no venga, pero ¿y si solo hay mal y el bien no viene nunca?».

Teorías no faltan, por supuesto. Algunos dicen que la dirección provocó la grieta a propósito como excusa para cerrar la piscina. «Está todo planificado». Y estos mismos aseguran que el socorrista «está metido en el ajo». «Así que cuidado con lo que decís». Otros han oído que la grieta se abre a otro mundo, más profundo, que se extiende bajo la superficie del nuestro. Un mundo alternativo y quizá más auténtico, con su propia piscina subterránea, llena de personas más rápidas y más atractivas, con bañadores menos dados de sí, que lo bordan en cada viraje. «Como los de natación máster, pero mejor», dice alguien. «Y más bonito», dice otro. Y un tercero: «¡Son nosotros, pero en ideal!». También hablan de hendiduras insondables, vertederos de desechos químicos sepultados tiempo atrás, una mina de sal desplomada, un río subterráneo cuyas aguas discurren sin obstáculos desde hace más de diez mil años («Ahí abajo hay peces sin ojos») y un abismo tan vasto y abrumador que contemplarlo siquiera unos instantes provocaría un colapso mental. «Es como si hubiéramos estado nadando sobre el vacío».

Mediado el verano, la novedad de la grieta ha empezado a decaer, y poco a poco vamos fijándonos en otras cosas: la instalación de unas nuevas alcachofas de ducha que ahorran energía en los vestuarios, el caso de las gafas suecas de natación que perdió Annette la jefa de estudios (aún sin resolver), un presunto incidente de tocamientos en la calle tres (el servicio de seguridad del edificio puso de patitas en la calle al presunto abusador en apenas cinco minutos), una pelea a puñetazos en la calle siete («¡Es que se negó a dejarme pasar!»), el nuevo bañador de Angelita, un modelo psicodélico de arcoíris arremolinados, moda sesentera (consenso en la piscina: ¡es la bomba!), la ola de calor abrasador en la superficie –embalses menguantes, jardines resecos, perros jadeantes– que no da señales de ir a remitir. Algunos días apenas somos capaces de dedicar unos segundos a pensar en la grieta, a pesar de que sigue aflorando inesperadamente en nuestra vida nocturna en la superficie. «Anoche soñé que tenía una astilla en un ojo». Pero la mayor parte del tiempo es como un telón de fondo, una presencia sutil, tenue pero indeleble, en la periferia de nuestro mundo. Lo cierto es que nos hemos acostumbrado de tal manera a la grieta que, con el tiempo, dejamos de verla.

Así que cuando un buen día nos damos cuenta de que la grieta ha desaparecido mientras no mirábamos, tenemos que preguntarnos: ¿Nos sentíamos demasiado cómodos con ella? ¿Habíamos empezado a tomárnosla como algo demasiado normal? ¿Estaba de verdad allí? (¿No sería que nos la habíamos imaginado?). «Juraría que la he visto esta mañana», dice Leonard, el nadador fiel a la calle cuatro. Y aunque muchos de nosotros sentimos alivio por que haya desaparecido –«A mí empezaba a ponerme de los nervios», dice Shannon, que nada de lado–, algunos ya la echamos en falta y albergamos el secreto deseo de que vuelva pronto. Nos sentimos tristes y empequeñecidos sin ella, como si hubiera muerto una parte de nosotros. «Me sentaba maravillosamente mirarla todas las mañanas antes de ir a trabajar», dice alguien. Y otro: «Cada vez que pasaba por encima, me emocionaba». Alice hace sus largos como de costumbre, pero cuando sale de la piscina no está radiante como de costumbre después de nadar. «Pasa algo», dice. Y los lentos que vamos por las calles uno y dos y que teníamos intención de acercarnos a mirar la grieta como es debido, nos arrepentimos de nuestra actitud pusilánime. «Yo pensaba que estaría siempre ahí», dice uno. Y otro: «A mí ahora me da miedo».

Para muchos de nosotros, el gran interrogante es ¿adónde ha ido? ¿Está hibernando? ¿Ha remitido? ¿O simplemente le apeteció tomarse unas vacaciones? ¿Será por algo que hemos dicho? («La hemos sobrevalorado». «Una completa pérdida de tiempo». «Es que no se hablaba de otra cosa»). ¿O que hemos hecho? («Si no le prestamos atención, a lo mejor desaparece»). ¿O podría haber retrocedido espontáneamente, sin venir a cuento? ¿Qué posibilidades hay de que reaparezca en la misma calle? ¿Una entre dos? ¿Dos entre tres? ¿Ninguna? ¿*Nichts*? ¿*Zilch*? ¿Es posible que la grieta continúe ahí, pero que una alteración excepcional en su composición la haya hecho indetectable incluso para la más aguda de las miradas humanas? ¿O podría seguir acechante, a modo de célula «durmiente», justo debajo de la superficie, tomándose un breve descanso antes de despertarse y volver furibunda a la vida? ¿O simplemente se cansó de nosotros y decidió trasladarse a otra masa de agua, mejor y más deseable? ¿La piscina de fondo negro del jardín trasero de los Welliver (con bar dentro del agua)? ¿O la fuente de dos pisos del patio interior en la zona de restaurantes asiáticos del centro comercial («¡Monedas!»). O algo peor: ¿se habrá cansado de ser ella? «Suicidio», dice alguien. Y otro: «Eliminada».

A la mañana siguiente reaparece la grieta, tan bruscamente como había desaparecido, y vemos con sorpresa que muchos de nosotros suspiramos aliviados. «La vida no era igual sin ella». Según la ayudante del encargado de la piscina, Maureen Engel, la grieta estaba temporalmente «oculta» por un «parche húmedo» experimental que los técnicos habían aplicado a su superficie el domingo por la noche, pero tras un período inicial y prometedor de adherencia rígida –«Todo parecía ir muy bien»–, el parche no llegó a agarrar. «Se le fue el pegamento». Y aunque muchos de nosotros nos alegramos de la vuelta de la vieja grieta, tiene algo que parece diferente. «Está un poco rara». Algunos de nosotros estamos convencidos de que se ha ensanchado, muy ligeramente, por el extremo sur, mientras que otros sostienen con igual convicción que, por el contrario, se ha estrechado. «Da la impresión de que estuviera parpadeando». Algunos dicen que parece «más lisa» que antes. O más frágil. O un pelín desinflada. «Ha perdido fuerza». Otros están seguros de que ha ganado músculo, un poquito. Una de nosotros asegura notar un cambio sospechoso en el contorno –una delgada curva sinusoide–, a lo largo del lado occidental. «Creo que ha envejecido». Otro asegura que la grieta ha migrado al norte, un centímetro escaso, como si siempre hubiera querido estar cerca del desagüe. Otro apunta que a lo mejor bajó por el desagüe, pero al no gustarle lo que vio («¡Demasiados pelos!»), dio media vuelta y volvió a subir. Y algunos de nosotros sospechamos que ni siquiera es la grieta de antes, sino una doble malévola y anárquica –una grieta impostora– que ha ocupado el lugar de la auténtica para arrastrarnos a todos a un remolino vertiginoso de chanclas de goma y destrucción. «Esto hay que pararlo ya mismo».

El director de actividades acuáticas nos ruega que «nos lo tomemos con calma» y nos tranquilicemos, para no perdernos en un «laberinto de conjeturas». La grieta no se ha alterado ni acentuado de manera significativa, nos dice, y cualesquiera cambios que hayamos podido apreciar en su apariencia se deben en exclusiva a mínimos errores de percepción. «Si miras algo fijamente mucho tiempo, empiezas a ver cosas que en realidad no existen». Pero cuando, dos días más tarde, aparece una segunda grieta «hermana» o «clónica» –misma longitud, misma anchura, mismos color y tono– en el fondo de la calle cinco, inevitablemente nos planteamos si será solo una inofensiva repetición local –una grieta de imitación– o el comienzo de algo mucho peor. «¡Es el otro zapato!», dice Vicky, de la calle siete. «¿Qué?», pregunta Alice. Y poco después del almuerzo, cuando la grieta nueva empieza a independizarse de repente y a avanzar por la calle hasta que frena bruscamente a escasos centímetros de la pared («Inhibición por contacto», nos dicen después), incluso el más confiado de nosotros tiene que reconocer –lo dice Steve– que «esto no puede ser bueno». Y la tarde siguiente, cuando se descubren otras dos grietas pequeñas agazapadas en la línea divisoria entre las calles cinco y seis –¿múltiples primarias o duplicados de la grieta número uno?, nos preguntamos–, empezamos a sospechar que nuestra piscina podría ser el asentamiento de una «familia de grietas». «O al menos de una visita muy numerosa», dice Meg, que hace ejercicios de andar por el agua. «Esto es un estallido», afirma Richard. Dana dice: «Un castigo». «La única palabra que se me ocurre es *socorro*», concluye Mark, bracista de la calle tres.

¿No deberíamos hacer algo?, nos preguntamos. ¿Batir palmas? ¿Dar pataditas? ¿Encender una vela? ¿Firmar una petición? ¿Llamar al alcalde? ¿Al jefe de la policía? ¿Al mismísimo director de Planes de Respuestas a Emergencias? «¿Qué tal, Floyd?». «¿O es que estamos perdiendo terreno con tanto titubeo?», pregunta Liane, la abogada de patentes de la calle dos. «Ya sabéis que esa gente nunca contesta el teléfono». «¿Será que las autoridades están malinterpretando los datos?», pregunta Sydney, que nada de lado. «Y esos "expertos", ¿existen de verdad?», pregunta el nuevo socio, Alex. («Ya puestos, ¿existimos nosotros?», pregunta Gwen, la metafísica). «Es un poco raro que los técnicos solo trabajen de noche», dice Seungha, que nada con estilo libre por la calle cuatro. Alice dice: «Venga, vamos a intentar pasarlo bien».

Cuatro grietas en una sola piscina es «más una coyuntura expansiva que una familia», nos indican los inspectores. «Algo sumamente frecuente». «Por debajo del umbral de la sospecha». «Una aberración estadística dentro del rango normal de probabilidad». «Pura chiripa». Pero, cuando a la semana siguiente aparecen otras tres grietas en rápida sucesión en medio de las calles seis y siete, la doctora Denise Kovats, destacada analista de tensiones de la Unidad de Contramedidas frente a Riesgos Estructurales, reconoce que «podría estar ocurriendo algo». Y cuando se descubre nuestra primera «grieta vertical», un día a última hora de la tarde, justo antes de cerrar, al pie de la pared de la parte menos profunda de la calle dos, los inspectores dicen que hay menos de una posibilidad entre 6,3 millones de que se trate simplemente de un fenómeno aleatorio. La verdad es que están bastante seguros de que está ahí «a propósito», dicen. No obstante, sostienen que es controlable. «Lo estamos vigilando veinticuatro horas al día». No se ha detectado fuga de agua, no se han encontrado deficiencias estructurales y no se requieren acciones inmediatas de momento. «Lo tenemos dominado».

Al día siguiente las calles están más vacías que de costumbre, en las duchas no hay tanto vapor ni en los vestuarios tanto ruido. «No voy a decir que tenga miedo, pero sí que me siento continuamente en un estado de ligero pánico», dice Tim, con sus treinta años de antigüedad. Charlotte, de la calle seis, dice: «En esta tierra está pasando algo muy malo». La espaldista Felice, normalmente imperturbable, dice que está pensando en acudir a una misa más esta semana «por si acaso». «¿Por si acaso qué?», pregunta Alice. Audrey, que nada de lado, dice que se ha enterado por una fuente fidedigna cercana a la dirección de la piscina, una persona que recibe información a diario, si no a cada hora (la mejor amiga de la esposa del director de actividades acuáticas, Pam), de que la familia de grietas es en realidad «mucho peor de lo que dan a entender». «La piscina podría colapsar en cualquier momento». Otro dice que sabe, por una fuente igualmente fidedigna cuya identidad prefiere no revelar por una cuestión de discreción («Llamémosla X»), que «han organizado» de forma artificial la aparición de las grietas para nuestro terror y disfrute personales. «Para ponernos a prueba», dice la misma persona. También corren rumores sobre licencias fraudulentas, reparaciones chapuceras, certificados de inspección falsos, citaciones ignoradas, investigadores atontados, hidrólogos con exceso de cafeína, auditores mal pagados, la visita quizá demasiado amistosa de un cabildero bien vestido (Cherie) del grupo de presión del Instituto del Cloro y, allá en las alturas, en una minúscula habitación sofocante muchos pisos por encima de nosotros, un trío de estadísticos borrachos barajan números sin parar hasta bien entrada la noche. «¡Digamos que el umbral alto es... ¡cinco!».

Durante un mes el grupo de grietas ni se expande ni se contrae, sino que sigue igual, posado de manera inofensiva en un clásico «circuito de espera», que, según predice Cynthia Greeley, directora del departamento de Degradación Medioambiental del Instituto de Geología y Geofísica, podría prolongarse considerablemente. «El tiempo juega a favor de ustedes». Pero no bien hemos logrado calmarnos y convencernos de que es posible que las grietas hayan seguido su curso natural –«¡Se acabó!»–, cuando empiezan a aflorar varias nuevas en la parte profunda de la piscina. Algunas son más gruesas que sus predecesoras, más oscuras por el medio y con bordes menos uniformes, mientras que otras parecen extrañamente hinchadas (aunque, claro, hay que recordar que están debajo del agua). Y unas cuantas, un cuarteto de grietas que crecen sigilosas a la sombra del trampolín («Nuestra familia ha tenido familia», dice el listillo de Stan), presentan un aspecto irregular y descuidado, ligeramente perturbado, incluso demente, dirían algunos. Sin embargo, aún «no hemos llegado a la forma de garabato, ni mucho menos». Y aunque muchos de nosotros sospechamos que nos encontramos ante una grieta de «segunda generación», más robusta y más agresiva, con una capacidad infinita para crecer e imponerse, los expertos nos dicen que, contrariamente a lo que pudiera parecer –«No se dejen engañar por la impresión de vitalidad», advierte el técnico de fallos de formas acuáticas Clifford Hwang–, las fracturas más recientes son inusualmente inactivas, y no se prevé que causen ningún daño durante la vida útil normal de la piscina.

En la vida real, en la superficie, estamos más preocupados que de costumbre. Perdemos las llaves. Se nos olvida pagar las facturas. No recordamos las contraseñas. No nos peinamos. Llegamos tarde a la oficina. No podemos concentrarnos en el trabajo. A veces nos levantamos en medio de una conversación y nos marchamos. «Tengo que ver cómo van mis acciones». Nuestras evaluaciones de rendimiento se resienten. Empeoran nuestros índices de aceptación. Nuestros amigos empiezan a evitarnos. Nuestras parejas nos acusan, y con razón, de estar distraídos y ausentes. «¿Hay otra persona?», nos preguntan. O nos ordenan que dejemos de «hundirnos» y salgamos de casa. «¡A ver si se te pasa nadando!». Y a las tres de la mañana, con ellos tumbados a nuestro lado y plácidamente dormidos, nos despertamos bañados en sudor frío, con la cara enrojecida, el corazón palpitante, apretando los dientes y pensando: ¿cuántos largos nos quedan? ¿Cien? ¿Mil? ¿Seis? ¿Noventa y cuatro? ¿Es que no hay nadie que nos pueda orientar?

Primero anuncian que el cierre anual de agosto se ampliará de diez días a dos semanas para poder vaciar la piscina y evaluar debidamente el estado de la grieta.

Y suspiramos con alivio. «Tienen la situación controlada». Después anuncian que la piscina estará cerrada tres semanas en lugar de dos para reemplazar los altavoces subacuáticos estropeados y hacer más reparaciones. Y pensamos, vale, no son más que unos arreglos sin importancia, (pero en el fondo, y sin poder evitarlo: ¿qué altavoces subacuáticos?). A continuación, anuncian que no se reabrirá la piscina hasta el primero de septiembre, para volver a pintar las corcheras e instalar una nueva tecnología para evitar atrapamientos por succión. Y tenemos que plantearnos: ¿nos estarán ocultando algo? Por último, en el tablero informativo que hay debajo del reloj ponen un cartelito manuscrito en el que se nos informa de que los resultados de la investigación se darán a conocer en una reunión «municipal» de urgencia, que tendrá lugar en las gradas a las dos y cuarto de la tarde del día siguiente. Si bien no resulta obligatoria, sí «se recomienda de manera encarecida» la asistencia de todos los usuarios de la piscina.

«...pero, tras haber descartado toda teoría humanamente imaginable –remata el director de actividades acuáticas–, los inspectores han concluido que es muy posible que nunca se llegue a averiguar la causa de las grietas». «¿Lo que consideramos más probable? –dice Karen Lubofsky, que dirige la investigación. Y moviendo la cabeza, añade–: Se nos han agotado las probabilidades». El especialista en estructuras subterráneas y consejero de la Junta de Seguridad Pública, Chris Mendoza, nos ruega que «aceptemos el misterio» y pasemos página. «Porque en este mundo hay ciertas cosas que no se pueden explicar», nos explica. «Francamente, andamos muy despistados», nos dice el director de actividades acuáticas. Las grietas podrían desaparecer mañana o seguir expandiéndose de manera insidiosa, bajo la superficie, con zonas de crecimiento que se extenderían por el este, hacia la oficina de Correos, y por el sudeste, bordeando el césped bien recortado del jardín delantero de los De Lorenzo, o crecer tan lentamente que no lleguen a provocar daños nunca. Pero como no hay manera de predecir con certeza cuál de estos caminos seguirá una agrupación de grietas de etiología desconocida, por un exceso de precaución las autoridades de la piscina han decidido asumir la peor de las situaciones posibles: una expansión progresiva y tal vez exponencial que acabe en un desplome catastrófico. «Así que, por la seguridad de los usuarios y del personal, la piscina quedará cerrada permanentemente a partir de las tres de la tarde del último domingo de agosto. Gracias y adiós», nos dice el director de actividades acuáticas. Y así, sin más, llega nuestra hora.

«Esto es una pesadilla», dice alguien. «Qué desastre», afirma otro. Linda sube hasta la última fila de las gradas y se pone a llorar en silencio. «Y yo que creía que podríamos quedarnos aquí para siempre...», dice Rose. La otra Rose dice: «Y a lo mejor nos hemos quedado». Clarence, quien normalmente respeta las normas, se sumerge en el agua sin haberse quitado la tirita de la rodilla izquierda y cuando emerge, después de dos largos, dice: «Ojalá no hubiera aprendido a nadar». Incluso el socorrista parece un tanto desconcertado. «Se ha quedado sin trabajo», dice alguien. Thaddeus, de la calle de los lentos, que mañana cumple ochenta y nueve años y sigue nadando vigorosamente, sonríe con tristeza al aire mientras se coloca los tapones en los oídos por enésima vez. «Todo ha ido tan rápido». «¿Y mis medicinas?», dice Murray, su compañero de calle. Irene, que nada de lado por la dos, se tira discretamente de la entrepierna del bañador y se mira los pies. «Con lo contenta que estaba yo en mi calle», dice. Alice apostilla: «Y yo».

Sin embargo, algunos de nosotros nos sentimos extrañamente aliviados. Al fin ha ocurrido ese algo terrible que estábamos esperando. Nos hemos liberado de un peso. Se ha disipado una sombra. Adiós a la incertidumbre. Ya está. Es el fin. Se acabó lo que se daba. Y ya podemos pasar página.

Allí arriba, la vida continúa como siempre. Niños que chillan en el parque; jóvenes sentados en los bares tomando café y sonriendo sin gracia a sus teléfonos; ancianos con sus pacientes acompañantes, los ojos siempre clavados en el horizonte, empujando con determinación, centímetro a centímetro, los andadores con pelotas de tenis verdes para evitar resbalones por la acera de la sombra. «¡Lo estoy consiguiendo!». Siempre que nos encontramos con alguien conocido nos ponemos nerviosos, nos sentimos desprotegidos, como si cargáramos con un secreto vergonzoso, pero nadie parece notar que pasa algo raro. «¡Cuánto tiempo sin vernos!», dicen, o «¿Cómo va todo?». Y de repente nos damos cuenta de que nos hemos puesto a hablar del garaje nuevo, del precio de la vivienda, de nuestro último dilema para volver a decorar la casa, pero todo parece un tanto insólito, falso.

Agosto empieza como un sueño lento, devastador. Las aceras polvorientas desprenden calor. El césped se achicharra. Los árboles desfallecen. Las flores han perdido el olor. Un solitario camión de helados, mal aparcado en doble fila cerca de la entrada del patio del colegio, atruena con su enloquecedor sonsonete. Pero abajo, en la piscina, nos lanzamos al agua fresca, clara y azul, y seguimos adelante. La bracista Enid hace sus largos plácidamente como de costumbre, con la cabeza bien alta, como si no tuviera ninguna preocupación. Tirón, patada, deslizamiento, tirón, patada, deslizamiento. Jim corre por el agua como un poseso cinco minutos y se para un momento a admirar su barriga menguante. «Oye, fíjate en esto». Claude pierde un pendiente. Donald se da un porrazo en un dedo del pie. A Suzette está a punto de asestarle un codazo en el costado un compañero de calle distraído, pero por una vez no se abandona a la ira. «Olvídate».

Ahora somos más simpáticos, más flexibles. Menos estirados, en definitiva. «La nueva amabilidad», así la llamamos. Los límites se desdibujan. Las rivalidades dentro de las calles se disuelven. Se olvidan los rencores. «Sí, un día me desenchufó el secador de pelo en el vestuario, ¿y qué?». Los disimulos desaparecen. Los insensatos que antes se empeñaban en adelantarte a toda costa ahora te dan el golpecito de rigor en el pie, como los demás. «No se trata de ganar siempre», dice Bruce, el segundo más rápido en estilo libre. Los machacatobillos abandonan. Los que van pegados a tus talones dejan de ir tan cerca. Los abusones se refrenan en las calles. Lentos y rápidos que nunca habían tenido mucho que decirse intercambian ahora amables comentarios después de nadar, mientras se secan en el borde de la piscina. «¿Dónde has comprado ese gorro?». Incluso la exolímpica, hasta ahora distante, de vez en cuando rompe su silencio y da algún consejo gratis: «¡Esa pierna derecha, más relajada!». Porque todos somos iguales ante nuestro final común.

Esta es la nueva realidad, nos decimos. Y: «Vamos a salir adelante». Y según Lilian, de la calle tres, empecinada en nadar con manoplas: «Dios obra en todas las cosas para el bien». Pero un momento más tarde pensamos: mi vida está echada a perder. O salimos de la piscina antes de haber completado el último largo, porque ¿qué sentido tiene seguir cuando solo te quedan un par de semanas? «Tanto contar y dar patadas, ¿para qué?», pregunta Kate, de la calle siete, normalmente optimista. Trudy, que anda por el agua, se desabrocha la hebilla del cinturón de flotación y dice: «Ya no tiene ninguna gracia». Pero los demás seguimos nadando con determinación.

De vez en cuando uno de nosotros se topa en la superficie con alguno de los primeros desertores –en el pasillo de los lácteos del supermercado Vons, saliendo de la barbería, esperando en la cola de Au Delice un pan artesano recién salido del horno– y siempre nos transmiten el mismo mensaje: «No está tan mal». El veterano de dos décadas Howard (torso endeble, patada potente y fulminante), que nos abandonó el mismo día en que apareció la primera grieta, dice que, aparte de salirse del mercado justo antes de la última crisis, dejar la piscina ha sido la mejor decisión de su vida. «Me había metido en un círculo vicioso». Anika, nadadora de estilo libre de la calle cuatro (aletas cortas amarillas, brazada tensa e ineficaz), que nos dejó tres días después que Howard, dice que, en lugar de nadar tres veces a la semana, ahora hace taichí en el parque todas las mañanas, al amanecer, con los ancianos chinos. «Nunca me había sentido tan serena». La impecable espaldista Leslie (contadora de vueltas, pinzas nasales, extremidades con hipermovilidad) dice que, a las tres semanas de dejar la piscina, ya se le había olvidado que alguna vez había estado allí. «Como si no hubiera pasado nunca». Brian, antiguo experto en adelantamientos indebidos (en tres años cinco colisiones, cuatro de ellas por su culpa), se encoge de hombros y dice con indiferencia: «Sinceramente, nunca vuelvo la vista atrás. No me arrepiento de nada».

Algunos de nosotros empezamos a hacer breves incursiones en cuerpos de agua alternativos de arriba para «ver qué pasa». «Por probar». Clara compra un pase de un día en el hotel Peninsular, pero cuenta que la piscina es tan pequeña que, en cuanto te sumerges y das tres brazadas, ya tienes que dar la vuelta. Janet intenta desafiar las rebeldes aguas de la piscina pública del centro: «¡Unas calles auténticamente antediluvianas!». Jason va a la playa: «Demasiada sal». Brenda mete un pie vacilante en la piscina de la YMCA municipal: «¡Como una bañera!». Barbara entra con su pase gratuito de invitada en Omega Fitness, que tiene una piscina de ocho calles, de longitud y anchura idénticas a la nuestra, pero dice: «No es lo mismo» (palmeras en macetas, tumbonas). Solamente uno de nosotros –Charles, que en este preciso instante surca las aguas como el competitivo nadador de instituto que fue en su día (capitán del equipo de natación de Northwood Senior High)– ha encontrado una alternativa satisfactoria en su vida del exterior: la piscina de la terraza en el piso de su nuevo novio, Eliot, en la esquina de Ocean y la Cuarta (¡palmeras en macetas, tumbonas!).

Hasta la última semana algunos de nosotros, pocos, seguimos albergando la esperanza de salvarnos de alguna manera. «Es que ahí arriba tiene que haber alguien que pueda hacer algo por nosotros», dice Hugh, usuario matutino habitual. «La mujer del director de actividades acuáticas», comenta alguien. «¡O Pam!», dice otro. Y otra, Ella: «A lo mejor nos conceden una prórroga». «O un aplazamiento», sugiere el espaldista Daniel, de la calle tres. «Yo me conformaría con muy poquita cosa: saber que le importamos a alguien de ahí arriba», dice su compañero de calle, Patrick. «Ahí arriba no le importamos a nadie», dice Fran, actuario de seguros. Otros empezamos a pactar con nosotros mismos. «Si hago sesenta y cuatro largos en menos de veintiocho minutos, nos concederán un mes más». «Si no me tomo ninguna copa en tres días seguidos, no nos cerrarán la piscina». Y muchos de nosotros –tozudos disidentes de la cabeza a los pies– simplemente pensamos: no. Esto no nos puede pasar a nosotros. Porque ¿no es esto lo que les suele pasar a las demás piscinas? ¿Acaso no somos especiales, acaso no nos lo han dicho siempre, no nos lo han prometido? ¿Diferentes? ¿Inmunes? ¿No estamos exentos? ¿O es sencillamente el destino, según el recién convertido al budismo «Ryojo» (Josh para nosotros), de la calle seis? ¿O, aun más sencillo –Min-hee, oncóloga pediátrica de la calle siete–, un caso de mala suerte sin más? Yolanda, con el síndrome de nido vacío, se sube las gafas a la frente, al estilo aviador, y dice: «Todo son pérdidas».

Entre nosotros hay unos pocos que reaccionan de una forma inusual e insisten en que el cierre no tiene que ser necesariamente algo malo. «Esto es solo el principio», nos dicen. Y: «Es una oportunidad para dejar de hacer el vago en chanclas y empezar a vivir la vida "de verdad" ahí arriba». «Se acabaron los chapuzones rápidos siempre que las cosas se ponen feas». Volveremos a enamorarnos de nuestros cónyuges («el extraño o la extraña con quien te casaste»). Salir de nuestra zona de confort. Hacer voluntariado en el albergue para los sin techo. Pedir un aumento de sueldo. Escribir una carta de «agradecimiento» (¡Gracias, mamá!). Mejorar el equilibrio. La postura. La actitud ante la vida. «¡No más quejas!». Vamos a abrir nuestro propio negocio. «La consultoría de John». Terminar de escribir esa segunda novela. Empezar un diario. Dar una cena. Tener una revelación. Ser una persona más sociable. Conocer a nuestros vecinos. «¿Necesitas un poco de azúcar?». Recordar mirar al cielo, para variar. La vida es algo más que seguir esa pequeña línea negra.

El verano avanza poco a poco hacia su inevitable final y nosotros vamos resignándonos a nuestro destino. «Se acabó». La gente se entretiene más de la cuenta antes de salir de la piscina, a pesar de que saben perfectamente que están incumpliendo las normas («Prohibido quedarse en el agua después de nadar»). «¿Y qué van a hacer? ¿Echarnos?», pregunta Marlene. Roger renuncia a la ducha obligatoria previa antes de entrar en la piscina. A Dorothy se le olvida ponerse el gorro. Ian le da un empujón especialmente fuerte a la puerta de SOLO PERSONAL por la sencilla razón de que «es algo que siempre he querido hacer». (No pasa nada). Eric pintarrajea sus iniciales en la mano roja del cartel de la alarma antirrobo en el hueco de la escalera, sencillamente porque «¿por qué no?» Esteban, su rival de calle, sigue su ejemplo. «¡Aquí estuve yo mismo!». Belinda le hace un gesto con la cabeza al socorrista, y este –«¿Ha visto eso?»– le devuelve el gesto. Kevin se arma de valor para dirigirle la palabra a su compañera de la calle tres, Abigail, de la que lleva más de diez años secretamente enamorado. «Bonitas gafas», dice. Y Abigail, que suspira por la distante Daria, de la calle ocho («No le llego ni a la suela de los zapatos»), sonríe y contesta con educación: «Gracias». Everett propone que celebremos una reunión. Y Herschel, un pícnic en el parque, aunque no somos precisamente gente de meriendas al aire libre. «Es algo que no soporto», dice Jennifer. Nolan dice que no le importan «los pícnics *per se*», pero que es mortalmente alérgico a las abejas. «Y además –dice Emily–, «¿de verdad queremos vernos vestidos?». Alice replica: «¡Pues claro!».

A veces nos despertamos en mitad de la noche e intentamos imaginarnos la piscina sin nosotros. La silla del socorrista, vacía y tan alta, junto a las gradas. El marcador sin tantos anotados. El penetrante olor a cloro del aire húmedo y denso que no inspira nadie. La red con pértiga apoyada en un rincón, soñando con cosas mejores: una hoja muerta, una mariposa, un cocodrilo, un pajarito marrón, algo, cualquier cosa distinta de la habitual captura de bandas elásticas y mechones de pelo enredado. Los dos trampolines firmemente sujetos en el extremo más profundo, sin vibraciones ni estremecimientos. Los flotadores amarillos meciéndose con alegría, lo natural en ellos después del trabajo. «¡Venga, vámonos de fiesta!». Las cuerdas ligeramente flojas. «Qué cansadas estamos». El suave zumbido de la bomba eléctrica recién reparada. «Uuum...». Las manillas frenéticas del cronómetro avanzando en la oscuridad, mecánica, incesantemente. La superficie del agua, lisa, cristalina, un rectángulo de sereno azul flotando sobre el suelo devastado de nuestro mundo. Y entonces cerramos los ojos y nos abandonamos al sueño y, al despertar, olvidamos durante unos momentos de felicidad que dentro de cinco días, tres días, dos días, mañana... nuestro mundo está a punto de acabar. Y entonces lo veremos: un filamento, un fulgor, un breve destello en el borde mismo de la retina que apenas se percibe como algo lineal. Y por mucho que intentemos volver a la seguridad del sueño, es demasiado tarde. El sol entra a raudales por entre las cortinas, el despertador está sonando, el camión de la basura va dando tumbos y resoplidos en dirección contraria. Nos levantamos.

El socorrista toca el silbato –tres pitidos agudos seguidos por un estampido prolongado– y después grita las consabidas palabras: «¡Todo el mundo fuera!».

Uno de nosotros se quita las gafas y mira el reloj con los ojos entornados para comprobar que realmente es la hora (lo es). Uno de nosotros da unas brazadas hasta la escalerilla de la esquina y dice: «Pero ¿por qué tiene que hacerlo?». Dos de nosotros gritamos: «¡No!». Una de nosotros se agarra al borde embaldosado de la piscina, resollando y jadeante. «Estoy destrozada», dice. Otro no encuentra sus gafas. «¿Nunca habéis tenido la desagradable sensación de haber desperdiciado toda vuestra vida?», pregunta alguien. Algunos de nosotros somos incapaces de hablar. Muchos de nosotros –la mayoría– ni siquiera estamos aquí. O no venimos a nadar los fines de semana, o pasamos más temprano, por la mañana, antes de las aglomeraciones del mediodía. Algunos de nosotros normalmente estaríamos aquí un domingo a las tres de la tarde, pero en el último momento surge algo más urgente: un padre o una madre enfermos, una migraña monstruosa, un día de puertas abiertas en una casa que no te puedes perder. «Creo que por fin la he encontrado». Uno de nosotros es una persona que se define como nada sentimental y que no le «van las despedidas». Otra llevaba dos semanas sin venir por un desgarro en el manguito rotatorio, pero se ha empeñado en volver porque sabe que la piscina es su sitio. «Ahí arriba solo finjo ser yo». Uno de nosotros se encuentra aquí, pero preferiría no estar. «Ya tengo la sensación de que esto es el pasado».

Uno de nosotros todavía está con el *brunch*. Una de nosotros sigue nadando de un extremo a otro de la calle mucho después de que todos los demás hayamos salido, y cuando le gritamos: «¡Ya es la hora, Alice!», el socorrista levanta una mano y dice en voz baja: «Un largo más».

Y después de su último largo, se da una prolongada ducha caliente en el vestuario, se cambia de ropa, sube las escaleras y sale, parpadeando y aturdida, al mundo implacablemente deslumbrante de arriba.

Diem perdidi

Ella recuerda cómo se llama. Recuerda cómo se llama el presidente. Recuerda cómo se llama el perro del presidente. Recuerda en qué ciudad vive. Y en qué calle. Y en qué casa. «La del olivo grande donde la carretera hace curva». Recuerda en qué año estamos. Recuerda en qué estación del año. Recuerda el día en que tú naciste. Recuerda a la hija que nació antes que tú –«Tenía la nariz de tu padre, fue lo primero en lo que me fijé»–, pero no recuerda cómo se llamaba esa hija. Recuerda cómo se llamaba el hombre con el que no se casó –Frank– y tiene sus cartas guardadas en un cajón, al lado de su cama. Recuerda que tuviste marido, pero se niega a recordar el nombre de tu exmarido. «Ese hombre», le llama ella.

No se acuerda de cómo se hizo esos moretones en el brazo, ni de que esta mañana fue a dar un paseo contigo. No recuerda haberse agachado, durante el paseo, para coger una flor del jardín de un vecino y ponérsela en el pelo. «A lo mejor ahora tu padre me besa». No recuerda qué cenó anoche ni cuándo fue la última vez que se tomó la medicina. No se acuerda de beber suficiente agua. No se acuerda de peinarse.

Recuerda las hileras de caquis secos colgados del alero de la casa de su madre en Berkeley. «Tenían un tono naranja precioso». Se acuerda de que a tu padre le encantan los melocotones. Se acuerda de que todos los domingos por la mañana, a las diez, la lleva a dar un paseo hasta la playa en el coche marrón. Recuerda que todas las tardes, justo antes del telediario de las ocho, tu padre pone dos galletas de la suerte en un plato de papel y anuncia que van a dar una fiesta. Recuerda que los lunes tu padre vuelve a casa de la universidad a las cuatro, y si se retrasa siquiera cinco minutos, ella sale a la puerta del jardín a esperarle. Recuerda cuál es su dormitorio y cuál es el de él. Recuerda que el dormitorio que ahora es el de ella antes era el tuyo. Recuerda que no siempre fue así.

Recuerda el primer verso de la canción *How High the Moon*. Recuerda el juramento de lealtad a la bandera.

Recuerda su número de la Seguridad Social. Se acuerda del teléfono de su mejor amiga, Jean, a pesar de que murió hace seis años. Recuerda que Margaret está muerta. Recuerda que Betty está muerta. Recuerda que Grace ha dejado de llamarla. Recuerda que su madre murió hace cuatro años, mientras contemplaba los pájaros desde la ventana, y cada día la echa más en falta. «No se me pasa». Recuerda el número que el Gobierno le asignó a su familia justo después de comenzar la guerra: 13611. Recuerda que la enviaron al desierto con su madre y su hermano durante el quinto mes de aquella guerra, y que fue la primera vez que se subió a un tren. Recuerda el día en que llegaron a casa. «El 9 de septiembre de 1945». Recuerda el sonido del viento silbando entre los arbustos de artemisa. Recuerda los escorpiones y las hormigas rojas. Recuerda el sabor del polvo.

Siempre que te pasas a verla se acuerda de darte un abrazo enorme, y siempre te sorprende la fuerza que tiene. Se acuerda de darte un beso cuando te marchas. Se acuerda de contarte, al final de cada llamada de teléfono, que el FBI volverá a investigarte pronto. Recuerda preguntarte si te gustaría que te planchara la blusa para la cita que tienes. Se acuerda de alisarte la falda. «No lo desveles todo». Se acuerda de apartarte de la cara un mechón de pelo rebelde. No se acuerda de que ha comido contigo hace veinte minutos y te aconseja que vayas a un Marie Callender, a por sándwiches y pasteles. No recuerda que ella antes hacía unos pasteles fantásticos, con repulgos perfectos alrededor de la masa. No se acuerda de cómo tiene que plancharte la blusa ni de cuándo empezó a olvidársele. «Algo ha cambiado». No recuerda qué se supone que tiene que hacer a continuación.

Recuerda que la hija que nació antes que tú vivió media hora y murió. «Por fuera parecía perfecta». Recuerda que su madre le dijo en más de una ocasión: «No dejes que nadie te vea llorar». Recuerda que te bañó por primera vez en tu tercer día en este mundo. Recuerda que eras una niña muy gorda. Recuerda que tu primera palabra fue «no». Recuerda estar recogiendo manzanas en un huerto con Frank hace muchos años, en medio de la lluvia. «Fue el mejor día de mi vida». Recuerda que, el día que le conoció, estaba tan nerviosa que se le olvidó su propia dirección. Recuerda que llevaba los labios demasiado pintados. Recuerda que no durmió durante días enteros.

Cuando pasáis en el coche por delante del club de natación, ella recuerda que el socorrista la echó de la piscina cuando llevaba más de treinta y cinco años nadando allí. «No me acordaba de ninguna norma». Recuerda que hacía diez balanceos de brazos al borde de la piscina antes de meterse en el agua. Recuerda que no necesitaba tomar aire durante casi todo el primer largo. No recuerda cómo se usa la cafetera «nueva», que tiene ya tres años, porque la compraron después de que empezara a olvidar. No recuerda haberle preguntado a tu padre, hace diez minutos, si hoy es domingo ni si ya es su hora del paseo. No recuerda dónde ha dejado el suéter ni cuánto tiempo lleva sentada en la silla. Como no siempre recuerda cómo levantarse de esa silla, bajas con cuidado el reposapiés y le ofreces la mano, que no siempre recuerda cogerte. «Vete», dice a veces. Otras avisa: «Me he atascado». No recuerda haberte dicho la otra noche, justo después de que tu padre saliera de la habitación: «Él me quiere más que yo a él». No recuerda haberte dicho, un momento después: «Estoy deseando que vuelva».

Recuerda que cuando tu padre la cortejaba siempre era puntual. Recuerda que pensaba que él tenía una sonrisa bonita. «Todavía la conserva». Recuerda que cuando se conocieron, él estaba prometido con otra mujer. Recuerda que la otra mujer era blanca. Recuerda que los padres de la otra mujer no querían que su hija se casara con un hombre que parecía un jardinero. Recuerda que los inviernos eran más fríos entonces, y que había días en que tenías que ponerte abrigo y bufanda. Recuerda a su madre con la cabeza inclinada ante el altar todas las mañanas, ofreciendo un cuenco de arroz caliente a sus antepasados. Se acuerda del olor a incienso y col encurtida en la cocina. Recuerda que su padre siempre llevaba unos zapatos muy bonitos. Recuerda que la noche que el FBI fue a buscarle, su madre y él acababan de tener otra pelea tremenda. Recuerda que no volvió a verle hasta después del final de la guerra.

No siempre se acuerda de cortarse las uñas de los pies y, cuando tú se los metes en el barreño de agua templada, cierra los ojos, se reclina hacia atrás en la silla y te tiende la mano. «No me des por imposible», dice. No recuerda cómo se atan los cordones de los zapatos ni cómo se abrochan los corchetes del sujetador. No recuerda que es el quinto día seguido que lleva su blusa azul preferida. No recuerda tu edad. «Ya verás cuando tú tengas hijos», te dice, aunque ya seas demasiado mayor para eso.

Recuerda que, después de que la primera niña naciera y muriera, ella se quedó sentada en el jardín días enteros, contemplando las rosas que había junto al estanque. «No sabía qué otra cosa hacer». Recuerda que, cuando naciste, también tú tenías la nariz larga de tu padre. «Era como si hubiera dado a luz la misma niña dos veces». Recuerda que eres Tauro. Recuerda que tu piedra astral es de color verde. Se acuerda de leerte el horóscopo del periódico siempre que vas a verla. «Alguien que antes estaba muy unido a ti podría reaparecer en tu vida dentro de poco». No recuerda que te ha leído ese mismo horóscopo hace cinco minutos ni que fue al médico contigo la semana pasada cuando le descubriste el chichón en la nuca. «Creo que me caí». No recuerda haberle dicho al médico que ya no estás casada, ni haberle dado tu número de teléfono y pedirle que te llamara. No recuerda que se inclinó y te susurró al oído, en cuanto el médico salió de la habitación: «Creo que te va a llamar».

Recuerda que otro médico le preguntó, hace cincuenta años, minutos después de que su primera hija naciera y muriera, si quería donar el cuerpo de la niña a la ciencia. «El médico dijo que tenía un corazón muy inusual». Recuerda que estuvo de parto treinta y dos horas. Recuerda que estaba demasiado cansada para pensar. «Así que le dije que sí». Recuerda volver a casa del hospital en el Chevrolet azul cielo con tu padre y que ninguno de los dos dijo ni palabra. Recuerda que sabía que había cometido un grave error. No recuerda qué pasó con el cuerpo de la niña y le preocupa que pueda estar metido en un frasco. No recuerda por qué no la enterraron sin más. «Ojalá estuviera debajo de un árbol». Recuerda que quería llevarle flores todos los días.

Recuerda que, ya de jovencita, decías que no querías tener hijos. Se acuerda de que detestabas llevar vestidos. Recuerda que nunca jugabas con muñecos. Recuerda que la primera vez que sangraste tenías trece años y llevabas unos pantalones de un amarillo canario. Recuerda que el perro que tenías de pequeña se llamaba Shiro. Recuerda que tuviste un gato que se llamaba Gasoline. Recuerda que tuviste dos tortugas que se llamaban Tortuga. Recuerda que la primera vez que te llevaron a Japón tu padre y ella, a conocer a la familia de tu padre, tenías dieciocho meses y estabas empezando a hablar. Recuerda haberte dejado con la madre de tu padre en la minúscula aldea montañesa donde criaban gusanos de seda, mientras tu padre y ella viajaban por la isla durante diez días. «Estuve preocupada por ti todo el tiempo». Recuerda que, cuando volvieron, tú no sabías quién era y que no quisiste hablar con ella durante muchos días, solo susurrarle al oído.

Recuerda que el año que cumpliste cinco te negabas a salir de la casa sin tocar el marco de la puerta tres veces. Recuerda que tenías la costumbre de entrechocar los dientes repetidamente, algo que a ella le hacía subirse por las paredes. Recuerda que no soportabas que hubiera comida de diferentes colores mezclada en el plato. «Cada cosa tenía que estar en su sitio». Recuerda que intentó enseñarte a leer antes de que estuvieras preparada para ello. Recuerda que te llevó a Newberry a elegir telas y estampados y que te enseñó a coser. Recuerda que todas las noches, después de cenar, te sentabas a la mesa de la cocina con ella y le ibas pasando las horquillas una a una mientras se ponía los rulos en el pelo. Recuerda que esos eran los momentos del día que más le gustaban. «Quería estar contigo todo el tiempo».

Recuerda que fuiste concebida al primer intento. Recuerda que tu hermano fue concebido al primer intento. Recuerda que tu otro hermano fue concebido al segundo intento. «Debió de ser que no pusimos mucho empeño». Recuerda que una quiromántica le dijo en una ocasión que no podría tener hijos porque tenía la matriz mal situada. Recuerda que una vidente ciega le dijo en una ocasión que había sido hombre en su vida anterior, y que Frank había sido su hermana. Recuerda que no todo lo que recuerda es necesariamente verdad. Recuerda los carros de la basura tirados por caballos en Ashby, sus primeros zapatos con suela de crepé, flores desparramadas al borde de la carretera. Recuerda que oír la voz de Frank siempre la tranquilizaba. Recuerda que cada vez que se separaban, él se daba la vuelta para verla alejarse. Recuerda que la primera vez que él le pidió que se casaran, ella le dijo que no estaba preparada. Recuerda que la segunda vez le dijo que quería esperar hasta acabar el colegio. Recuerda una cálida noche de verano paseando con él por el entablado a la orilla del mar, tan feliz que no recordaba su propio nombre. Recuerda que no sabía que no sería igual con ninguno de los otros. Recuerda que pensó que tenía todo el tiempo del mundo.

No se acuerda de cómo se llaman las flores que plantó contigo en el jardín hace tres días. «¿Rosas? ¿Narcisos? ¿Siemprevivas?». No recuerda que hoy es domingo y que ya ha dado su paseo. No se acuerda de llamarte, aunque siempre dice que lo hará. Recuerda cómo se toca *Claro de luna* al piano. Recuerda cómo se toca *Palillos chinos* y las escalas. Recuerda que no tiene que hablar con los vendedores que la llaman por teléfono. «No nos interesa». Recuerda la gramática. «Entre tú y yo». Recuerda los buenos modales. Se acuerda de decir gracias y por favor. Recuerda limpiarse cada vez que va al retrete. Se acuerda de tirar de la cadena. Se acuerda de darle la vuelta al anillo de boda siempre que se pone las medias de seda. Se acuerda de volver a pintarse los labios cada vez que sale de casa. Recuerda ponerse la crema antiarrugas todas las noches antes de meterse en la cama. «¡Actúa mientras duermes!».

Cuando se despierta por la mañana, recuerda lo que ha soñado. «Iba por un bosque». «Estaba nadando en un río». «Estaba buscando a Frank en una ciudad que no conocía, y nadie me decía dónde estaba».

En la víspera de Halloween, recuerda preguntarte si vas a salir a hacer lo de truco o trato. Recuerda que tu padre detesta la calabaza. «Es lo único que comió en Japón durante la guerra». Recuerda que, en los primeros años de casados, le oía rezar todas las noches para que fuera él quien muriera primero. Recuerda jugar con su hermano a las canicas en un suelo de tierra en el desierto y oír a la pareja al otro lado de la pared por la noche. «Estaban todo el rato dale que te pego». Recuerda la caja de chocolatinas que le trajiste de París después de tu luna de miel allí. «Pero ¿durará?», le preguntaste. Recuerda que su madre le decía: «En el momento en que te enamoras de alguien, estás perdida».

Recuerda que, cuando su padre volvió después de la guerra, su madre y él se peleaban incluso más que antes. Recuerda que su padre pasaba días enteros comprando zapatos en San Francisco mientras su madre fregaba los suelos de otros. Recuerda que algunas noches su padre daba tres vueltas a la manzana antes de entrar en la casa. Recuerda que una noche no llegó a entrar. Recuerda que cuando tu marido te dejó, hace seis años, acababas de publicar el primer libro. Recuerda que pensó que él sería problemático nada más conocerle. «Una madre lo sabe». Recuerda que no le contó a nadie lo que pensaba. «Tenía que dejar que te equivocaras tú sola». Recuerda que sufriste urticaria por todo el cuerpo varias semanas.

Recuerda que, de sus tres hijos, tú eras con la que más le gustaba estar. Recuerda que tu hermano menor era tan callado que a ella a veces se le olvidaba que estaba allí. «Era como un sueño». Recuerda que su hermano se negó a llevar nada al tren, salvo la radio de transistores. «No quería perderse ni uno de sus programas favoritos». Recuerda a su madre enterrando toda la plata en el jardín la noche antes de que se marcharan. Recuerda a su profesor de quinto, el señor Martello, pidiéndole que se levantara delante de toda la clase para que todo el mundo pudiera despedirse de ella. Recuerda que le regaló un colgante de plata en forma de corazón su vecina Elaine Crowley, que prometió escribirle, pero no lo hizo. Recuerda que perdió el colgante en el tren y que se enfadó tanto que le entraron ganas de llorar. «Era mi primera joya».

Recuerda que un mes después de que Frank se alistara en las Fuerzas Aéreas, dejó de escribirle cartas de repente. Recuerda que le preocupaba que le hubieran matado en Corea, o que le hubieran tomado como rehén los guerrilleros de las montañas. Recuerda que pensaba en él cada minuto del día. «Creí que iba a volverme loca». Recuerda que una noche se enteró por una amiga de que Frank se había enamorado de otra. Recuerda que al día siguiente le pidió a tu padre que se casara con ella. «¿Vamos a por el anillo?, le dije». Recuerda que también le dijo: «Ya ha llegado el momento».

Cuando la llevas a Ralphs, el supermercado, recuerda que el café está en el pasillo dos. Recuerda que el pasillo tres es el de la leche. Recuerda cómo se llama la cajera de la caja rápida, que siempre le da un gran abrazo. «Diane». Recuerda cómo se llama la chica del puesto de flores que siempre le da una rosa con el tallo roto. Recuerda que el hombre detrás del mostrador de la carne es Big Lou. «¡Vaya! Hola, guapa», le dice el hombre. No recuerda dónde está su bolso y se pone nerviosa, hasta que tú le dices que se lo ha dejado en casa. «Es que sin él no me siento yo». No recuerda haberle preguntado al hombre que va detrás de ella en la cola si está casado o no. No recuerda que él le ha contestado, con grosería, que no. No recuerda que se quedó mirando a la anciana en silla de ruedas al lado de los melones y te dijo al oído: «Espero no acabar así». Recuerda que la enorme mimosa que estaba junto a la explanada de los carritos en el aparcamiento ha desaparecido. «Nada sigue igual». Recuerda que era muy buena nadadora. Recuerda que suspendió la última prueba del examen de conducir tres veces seguidas. Recuerda que el día después de que su padre las abandonara, su madre colocó montoncitos de sal en las esquinas de todas las habitaciones para purificar la casa. Recuerda que nunca volvieron a hablar de él.

No se acuerda de haberle preguntado a tu padre, cuando vuelve de la farmacia, por qué ha tardado tanto, ni con quién ha hablado ni si la farmacéutica era guapa. No siempre recuerda el nombre de tu padre. Recuerda que se graduó en el instituto con matrícula de honor en latín. Recuerda cómo se dice «Llegué, vi, vencí»: *veni, vidi, vici.* Recuerda cómo se dice «He perdido el día»: *diem perdidi.* Recuerda las palabras para decir «lo siento» en japonés, que no le has oído pronunciar en años. Recuerda las palabras que significan «arroz» y «retrete». Recuerda las palabras para decir «Espere un momento, por favor»: *Chotto matte kudasai.* Recuerda que si sueñas con una serpiente blanca, tendrás buena suerte. Recuerda que da mala suerte recoger un peine que se ha caído. Recuerda que jamás debes ir corriendo a un funeral. Recuerda que le gritas la verdad a un pozo.

Recuerda que iba a trabajar, como su madre, a las casas de las señoras blancas y ricas de la parte alta. Se acuerda de la señora Tindall, que se empeñaba en comer con ella todos los días en la cocina, en lugar de dejarla en paz. Recuerda a la señora de Edward de Vries, que la despidió pasado solo un día. «¿Quién te ha enseñado a planchar?, me preguntó». Recuerda que la señora Cavanaugh no la dejaba marcharse los sábados hasta que hacía una tarta de manzana. Recuerda que a Arthur, el marido de la señora Cavanaugh, le gustaba ponerle una mano en la rodilla. Recuerda que a veces le daba dinero. Recuerda que nunca lo rechazaba. Recuerda haber robado un candelabro de plata de un aparador, pero no recuerda de quién era. Recuerda que nunca lo echaron en falta. Recuerda haber usado la misma servilleta tres días seguidos. Se acuerda de que hoy es domingo, algo que no es cierto seis de cada siete días.

Cuando llevas a casa al hombre que esperas que sea tu próximo marido, ella se acuerda de recogerle la chaqueta. Se acuerda de ofrecerle café. Se acuerda de ofrecerle bizcocho. Se acuerda de darle las gracias por las rosas. «¿Así que ella le gusta?», le pregunta. Recuerda preguntarle cómo se llama. «Verá, es mi primogénita». Recuerda, cinco minutos más tarde, que ya se le ha olvidado cómo se llama y vuelve a preguntárselo. Así se llama mi hermano, le dice. No se acuerda de que ha hablado por teléfono con su hermano esa misma mañana ni de que ha dado un paseo por el parque contigo. No recuerda cómo se hace el café. No recuerda cómo se sirve un bizcocho.

Recuerda ir sentada al lado de su hermano, hace muchos años, en un tren que los llevaba al desierto, peleándose por quién iba a tumbarse en el asiento. Recuerda la arena blanca y caliente, el viento en el agua, la voz de alguien que le decía: «Vamos, vamos, no pasa nada». Recuerda dónde estaba el día que el hombre pisó la Luna. Recuerda el día en que se enteraron de que Japón había perdido la guerra. «Fue la única vez que vi llorar a mi madre». Recuerda el día en que se enteró de que Frank se había casado con otra. «Lo leí en el periódico». Recuerda la carta que recibió poco después, en la que él le pedía permiso para ir a verla. «Decía que se había equivocado». Recuerda haberle visto por última vez y replicarle, más adelante: «Es demasiado tarde». Recuerda haberse casado con tu padre un día inusualmente caluroso de diciembre. Recuerda que tuvieron su primera pelea tres meses después, en marzo. «Le tiré una silla». Recuerda que tu padre vuelve de la universidad los lunes a las cuatro. Recuerda que está olvidando. Recuerda menos cada día.

Cuando le preguntas cómo te llamas, no lo recuerda. «Pregúntaselo a tu padre. Él lo sabrá». No recuerda cómo se llama el presidente. No recuerda cómo se llama el perro del presidente. No recuerda la estación del año. No recuerda el día ni el año. Recuerda la casita de la avenida de San Luis, la primera en la que vivió con tu padre. Recuerda a su madre inclinándose sobre la cama que compartía con su hermano y dándoles un beso por la noche. Recuerda que, en cuanto nació la primera niña, se dio cuenta de que algo pasaba. «No lloraba». Recuerda a la niña en sus brazos, viendo cómo se quedaba dormida por primera y última vez en su vida. Recuerda que no la enterraron. Recuerda que no le pusieron nombre. Recuerda que la niña tenía unas uñas perfectas y un corazón muy inusual. Recuerda que tenía la nariz larga de tu padre. Recuerda que enseguida supo que la niña era de él. Recuerda que empezó a sangrar dos días después, cuando volvió a casa del hospital. Recuerda que tu padre la sujetó en el cuarto de baño cuando iba a caerse. Recuerda el cielo del desierto en un atardecer. «El tono de naranja más bonito que he visto». Recuerda escorpiones y hormigas rojas. Recuerda el sabor del polvo. Recuerda haber amado a alguien más que a nadie en el mundo. Recuerda haber dado a luz la misma niña dos veces. Se acuerda de que hoy es domingo y de que es la hora del paseo, así que coge el bolso, se pinta los labios y sale a esperar a tu padre en el coche.

Belavista

Hoy estás aquí porque no has pasado la prueba. A lo mejor no fuiste capaz de dibujar todos los números en la esfera del reloj, o de deletrear «mundo» al revés, o de recordar siquiera una de las cinco palabras sin relación entre sí que acababa de pronunciar delante de ti, apenas hace unos minutos, uno de nuestros examinadores cualificados. O quizá, y por primera vez en tu vida, no pudiste copiar ese cubo. «No estoy de humor», dijiste. O quizá se te ha atrofiado la destreza para nombrar animales desde la última vez que te vimos. O quizá metiste la pata a fondo en el test de los senderos para evaluar las funciones ejecutivas. O sacaste una puntuación deplorable en integración social. O puede que ni siquiera hicieras el test.

Tal vez fuiste al supermercado a por un cartón de huevos y volviste dos días después, con un mango demasiado maduro. «¡Lo conseguí!» O intentaste adelantar a toda pastilla un coche de bomberos («¡Pero si puse el intermitente!») o no recordabas cómo se hace tu famosa tarta rústica de ciruelas. O quizá, y sin que tú lo sepas, te has convertido en una persona con la que vivir resulta extraordinariamente difícil. No quieres comer. No quieres bañarte. Te levantas diez e incluso veinte veces por la noche, y acabas por agotar a tus seres queridos. O quizá tu marido te metió en el coche esta mañana y te dijo que iba a llevarte «a dar un paseo». O quizá tu hija anunció que «había organizado unas cosas», y tú pensaste, qué bien, tenemos planes. Y aquí estás.

Bienvenida a Belavista. Somos una residencia privada de atención a mayores para estancias de larga duración, fácilmente accesible por su ubicación, en un antiguo aparcamiento cerca de la autopista, a escasos minutos del centro comercial Valley Plaza. En épocas anteriores se nos ha conocido con diversos nombres: Heritage Pointe, Palomar Gardens, Distrito Municipal 3 y The Villages at Pacifica, S. A. También como el sitio bonito, el sitio nuevo, el último sitio, un sitio maravilloso («Te encantará») y, más recientemente, según le dijo un niño de ocho años a su madre detrás de las ventanillas ahumadas de un todoterreno que arrancaba a toda velocidad, la casa de locos.

En Belavista haremos todo lo posible para cubrir tus crecientes necesidades en el comienzo de esta nueva etapa de tu viaje, la final. Una vez atendida por nuestro equipo de inscripción (recepción de bienvenida, cesta de regalos, revisión dermatológica completa), se te asignará una habitación, un número, una cama y, si no has traído la tuya, ropa nueva, junto con placas de identificación de fácil colocación. A partir de ahora ya no tendrás que preocuparte por si te pierdes. Porque, incluso si no sabes dónde estás, nosotros sí lo sabremos. En el improbable caso de que te alejes del recinto residencial (que salgas de tu «radio de seguridad»), el GPS de tu pulsera localizadora nos informará inmediatamente de tus coordenadas geográficas en la red. Por la noche, unos sensores electrónicos monitorizarán tu sueño a distancia. Si intentas bajarte de la cama sin asistencia, la alfombrilla presosensible activará la alarma de movilidad, y enseguida acudirá en tu ayuda un miembro de tu equipo de memoria.

Pero a lo mejor estás pensando: si yo no tengo eso (sí que lo tienes). O: si hice unas pruebas estupendas (te salieron fatal). O: si mi marido vendrá a buscarme mañana (te mintió). O: tengo que coger el próximo autobús a la ciudad (la parada de autobús es de mentira; el autobús, inexistente). O: ¿cómo ha podido ocurrir esto? (Poco a poco, durante décadas o –Alan, habitación 19, colisión de coche y tren cuando intentaba cruzar la barrera–, rápido, en cuestión de segundos). O: francamente, ya estoy harta (lo lamentamos, pero esto es solo el principio).

Unos cuantos datos sobre tu situación. No es temporal. Es progresiva, intratable e irreversible. En definitiva, y como la vida misma, es terminal. La medicación no la detendrá. La infusión de té verde, centella asiática y *gingko biloba* no la detendrá. La oración no la detendrá. El *qigong*, «trabajar en los pasos» y «vivir con un propósito» (demasiado tarde para eso) no la detendrán. Tener una actitud positiva pero poco realista no la detendrá, e incluso podría precipitar el deterioro. No hay excepciones a estas reglas. Aunque eres una persona especial, tu caso no lo es. Hay otras ochenta y siete personas en Belavista y más de cincuenta millones en el mundo aquejadas de algo similar.

¿A quién le pasa?, quizá te preguntes (y también: ¿qué es esto, una broma? ¿Estoy detenida? Y: ¿quién se ha llevado las llaves de mi coche?). Les pasa a narcotraficantes mexicanos ricos. Les pasa a perforadores petroleros chinos en Brasil. Les pasa a profesores increíblemente guapos de las mejores universidades norteamericanas y que aparecen en las películas. Les pasa a siete veces nominados al Premio Nobel de Química en Leipzig, Alemania (pero no a los ganadores, debido a los efectos salutíferos del «subidón del vencedor» en el sistema inmunitario). Les pasa a prisioneros geriátricos de San Quintín que cumplen los últimos años de condena debido a la ley que castiga severamente la reincidencia de tres delitos relacionados con las drogas. En una remota aldea de pescadores endogámica de la costa nordeste de Islandia, lo tienen una de cada tres personas de más de sesenta y cinco años. En una aldea incluso más remota en el norte de los Andes compuesta por varias grandes familias extensas, todas ellas descendientes del mismo conquistador español del siglo XVI, lo tiene una de cada dos personas de menos de cuarenta y cinco años. En una isla tropical sin nombre en el sudoeste del archipiélago de Andamán no lo tiene nadie (la esperanza de vida es demasiado corta). Y, por supuesto, tú, una población base mínima, una sola persona. Tú también lo tienes.

Tu dolencia no tiene ningún «significado» ni «objetivo más elevado». No es un «don», ni una «prueba», ni una oportunidad para el desarrollo y la transformación personales. No sanará tu alma herida, furiosa, ni te hará una persona más bondadosa y compasiva y menos criticona con los demás. No ennoblecerá a tus cuidadores remunerados («¡Es una santa!»), ni les enriquecerá la vida a quienes te rodean y siempre te han querido. Solamente les pondrá tristes. Tampoco te acercará al ser superior ni te liberará de tus insignificantes inquietudes del pasado. Si antes te obsesionaba el peso, seguirás igual («Sigo estando demasiado gorda», dirás). A lo único que te acercará será a tu inevitable final.

Sería mejor un cáncer, podrías pensar. O una enfermedad cardíaca. O una bala en el cerebro. O tal vez no dejes de arrepentirte de todas las cosas que no has hecho. Deberías haber hecho más crucigramas, haber corrido más riesgos, haberte apuntado a la clase de Grandes Libros, haber agotado todos tus días de vacaciones, haberle quitado las fundas de plástico a los muebles «buenos» («¡Cada día me parezco más a mi madre!», dijiste una vez, y con razón), haberte puesto esos zapatos de tacón tan caros que guardabas en el fondo del armario para una ocasión especial (¿que cuál sería?). Deberías haber vivido (pero ¿qué hiciste? Ir sobre seguro, sin salirte de tu carril). O quizá deberías haberte decidido por la dieta mediterránea en lugar de la de Atkins. O haber aprendido otro idioma –francés, alemán, indonesio, algo, cualquier cosa– antes de los cincuenta, cuando tu cerebro empezó a deslizarse inevitablemente cuesta abajo. «El año que viene», te decías una y otra vez. Y resulta que –¡menuda sorpresa!– el año que viene ya ha llegado. Ya no harás ese viaje a París, ni serás una gran lectora (hojeadora, si acaso) ni hablarás francés con soltura, ni siquiera pasablemente. *Nous sommes désolés.* Porque la fiesta se ha acabado, es triste decirlo.

Como la residente de más reciente admisión en Belavista, hay una serie de cosas que deberías saber. Te despertarás cuando nosotros lo decidamos. Dormirás cuando te acostemos y apaguemos las luces. Todos los asientos del comedor están adjudicados (si necesitas más de los cuarenta y dos minutos asignados para terminar de comer, puedes solicitar asiento en una de nuestras «mesas para comensales lentos»). No vayas buscando por los pasillos a tu marido o a tus hijos en plena noche (él está profundamente dormido en la gran cama vacía, ellos son mayores y andan desperdigados por el mundo). No intentes abrir las ventanas (las ventanas no se abren), ni apretar a lo loco los números de la cerradura que hay al lado de las puertas del ascensor (el código es indescifrable). Si no consigues acatar las normas, quizá tengamos que darte una pastilla. Si te resistes al plan de cuidados personalizados, quizá tengamos que darte una pastilla. Si te niegas a tomar la pastilla, quizá tengamos que darte una pastilla y, dependiendo del grado de intransigencia, ponerte una inyección. Está prohibido acumular cosas. Los calcetines son imprescindibles. La puerta de tu habitación debe estar abierta en todo momento. Si observas las reglas y mantienes una actitud alegre, podrías ser elegida «residente del mes».

No importa quién eras «antes», en lo que tú llamas la «vida real» (tu vida real es esta, recuérdalo). Puede que fueras conductor de autobús (Norman, habitación 23, se perdió en la ruta que había recorrido a diario los últimos treinta y ocho años). O una profesora de lengua (Beverly, habitación 41, que ya no podía seguir los comentarios de sus alumnos en clase: «¿Cuál es la diferencia entre significante y significado?»). O el gobernador de un estado importante, cuyo nombre no te viene a la cabeza (William, habitación 33: «¿Era Maine?»). Podrías haber sido gestora de reclamaciones médicas (Vera, habitación 17, le compró a su marido la misma corbata en las rebajas de JCPenney tres días seguidos: «¿Te gusta? ¡A mí me encanta!»). O una actriz de telenovela jubilada (Peggy, habitación 27, se despierta todas las mañanas angustiada porque se le ha olvidado el diálogo). O tan solo una enferma profesional (Edith, habitación 8, le pasa de todo, solo tienes que citar una dolencia). Nadie sabe nada ni nadie le importa a nadie. Porque lo único que importa en Belavista es quién eres ahora.

Las estancias de Belavista, aunque modestas, son cómodas y limpias. Cada una de nuestras habitaciones semiprivadas está completamente amueblada, con dos camas (de altura ajustable), dos mesillas de noche (de imitación madera), dos sillas para las visitas (de vinilo) y una cortina divisoria (también de vinilo). Tu nombre y el de tu compañera de habitación estarán impresos con claridad en una sola tarjeta plastificada colocada en la puerta. La vista desde tu ventana consistirá en un paso subterráneo de la autopista, el extremo norte del aparcamiento exclusivo para empleados o la poco agraciada parte trasera de nuestra ciudad. Si quieres una habitación más grande con abundante luz natural y una vista de hierba y árboles, te cobrarán más (según se desprende de ciertos estudios, los residentes con vistas a la naturaleza sufren menos reducción de la materia blanca que quienes ocupan habitaciones sin sol que dan a muros de ladrillo). Si quieres que te trate uno de nuestros «médicos estrella» en lugar de un residente, también te cobrarán más. Si no puedes costearte un médico estrella, pero quieres un residente «mejor» o «más simpático», con un trato más amable, también te cobrarán un dinero extra, pero no tanto como por un médico estrella. Las visitas bimensuales de un grupo de voluntarios que envía la Fundación del Buen Perro para hacer terapia canina son gratuitas.

Si esperabas algo distinto –sábanas de hilo, muebles a medida, yogur y muesli orgánicos para desayunar, sorbete de frutas del bosque recién hecho y servido en tu habitación–, deberías haber ido a La Mansión, en el otro extremo de la ciudad. O registrarte en un hotel. Lo único que podemos decir es que lo lamentamos, que ojalá fuera de otra manera, pero como tu marido ha firmado la orden de no dejarte salir, no podemos hacer nada más.

«Pero yo no puedo pagar esto de ninguna manera», probablemente estés pensando. No te preocupes; tu marido ya ha liquidado su plan de pensiones, nos ha transferido tus pagos futuros de la Seguridad Social y ha suscrito una segunda hipoteca de vuestra casa para cubrir los gastos de tu estancia. Es decir, eso si eres una de nuestros residentes de «pago privado» con tarifa preferente. Sin embargo, si tu marido hizo malas inversiones o tiene un largo historial de impago de impuestos o, como Lloyd, habitación 38, se dejó estafar por internet y se fundió todos sus bienes de un solo clic («¡Pero si ella me quería!»), entonces eres una de nuestros residentes «de ingresos fijos» (una persona médicamente sin recursos), y el Gobierno nos reembolsará una miseria por tu estancia. Aun así, no tienes por qué preocuparte. Al contrario de lo que cree la gente, no se te considerará ciudadana de segunda clase ni se te dejará, sufriendo y desatendida, en nuestro «pabellón económico» (no tenemos ninguno). Aunque perdamos dinero por tu cama todos los días. Porque en Belavista nos enorgullecemos de tratar a todos y cada uno de nuestros residentes con dignidad y respeto, con independencia de sus posibilidades económicas.

Por supuesto, tenemos nuestros favoritos (de manera extraoficial). Nuestro residente ideal es una persona pulcra, bien vestida, de aspecto agradable y, preferiblemente, mujer, con el inglés como lengua materna y buena disposición. Goza de excelente apetito –el Estado nos penaliza por cada kilo que adelgaces, y de ahí que le demos gran importancia a los carbohidratos–, sin llegar a la glotonería. Su higiene personal es impecable. Se lleva bien con su compañera de habitación y mantiene su lado de la cortina limpio, arreglado y sin migas. No se arranca la placa de identificación cada dos por tres («Sé quién soy»), ni tiene la manía de hacer ruidos raros por la noche, a solas en la cama. No pregunta sin cesar «¿Hoy tenemos melón?» ni «¿Dónde está mi hija?». La verdad es que no pregunta nada. Es dócil y abúlica, poco menos que sumisa. Una «seguidora». Su familia, si la tiene, está demasiado liada para supervisar debidamente los cuidados que se le prestan, pero hace una generosa donación anual.

¿Cuánto tiempo estarás aquí? La respuesta más rápida: depende. Podrías estar aquí algunos días, varios años, unas horas o –Gordon, habitación 3, portador del gen PSEN4b– más de media vida. Lo ideal sería que te quedaras con nosotros de forma indefinida. Pero, desde un punto de vista realista, no será así. Algunos nos dejan pronto para ingresar en el hospital y no vuelven. Otros se van calladamente, sin avisar, en mitad de la noche. La mayoría, sin embargo, se queda con nosotros, pacientes y pacíficos, hasta que llega su hora.

Aunque actualmente no existe ningún tratamiento para detener el avance de tu enfermedad, puedes tener la certeza de que los científicos trabajan las veinticuatro horas del día en tu caso. Dicen que el día menos pensado habrá una cura disponible. «Vamos a empezar los ensayos clínicos de la fase tres el próximo lunes». O quizá ya hayan encontrado una cura, pero solo funciona en personas con una mutación concreta del cromosoma 17, de la que tú y el 97,2 por ciento de la población mundial desgraciadamente no sois portadores. O quizá haya cura, pero dura unos meses y solo funciona en unas cuantas personas escogidas de un estudio longitudinal cruzado realizado en los Países Bajos («el estudio de Róterdam»), que hasta el momento ningún otro laboratorio ha logrado reproducir. «Los puntos de datos no se alinean». O quizá no haya cura. O tal vez sí, pero si se te ha pasado la ventana crítica del tratamiento, no será efectiva. «Para ti ya es demasiado tarde». Rajesh (Ray) Kapoor, profesor de Epidemiología y Neurobiología Evolutiva y del Desarrollo de la Universidad de Stanford: «Es un hueso duro de roer». Takashi Uematsu, investigador en el Centro para la Salud Cerebral de la Población de la Universidad de Tokio: «Nos encontramos en el umbral de un punto de inflexión». Ingemar Björkholm, bioquímico clínico del Karolinska Institutet: «¿Sinceramente? No tenemos ni idea».

De vez en cuando quizá oigas por el interfono una voz que se propaga incorpórea y placentera por los pasillos: «¡Aviso a los supervisores! ¡Aviso a los supervisores!». Es la voz de nuestra directora, Nancy Lehmann-Hayes (alias doctora Nancy). Ella rinde cuentas directamente a la empresa, un edificio impersonal revestido de cristal en un lejano estado con baja presión fiscal. Lleva un bolso con monograma y gana más de cuatrocientos mil dólares al año. Su principal responsabilidad consiste en tener contentos a los accionistas. Su palabra preferida es «medidas». Su mantra secreto es «Una cabeza en cada cama». Su única –y más preciada– mercancía eres tú. Se puede encontrar a la doctora Nancy en su despacho de lunes a jueves, entre las diez de la mañana y las cuatro de la tarde, leyendo detenidamente los últimos informes económicos. Sobre su mesa hay dos fotografías enmarcadas y colocadas hacia afuera de sus tres preciosos hijos pequeños correteando al sol. Si quieres concertar una cita con la doctora Nancy, primero tienes que hablar con Melissa, la responsable de Comunicaciones. Como todo la gente que trabaja aquí, salvo Juan, el encargado de mantenimiento, Melissa es una mujer. Puedes encontrarla de lunes a viernes en la parte trasera de la oficina de captación de clientes, llamando a las últimas adquisiciones en potencia. «¡Yo dejaría aquí a mi madre!» Para hablar con Melissa, primero tienes que presentarle una solicitud a su ayudante, Brittany, que puede que exista o tal vez no. Recuerda que la doctora Nancy es el rostro público de Belavista. No hay que burlarse de ella. Si te burlas de la doctora Nancy, es posible que seas objeto de un informe de incumplimiento, y nuestro técnico de gestión conductual se ocupará de ti debidamente.

Un consejo para el primer día. Dile a tu marido: «No te preocupes, estaré bien», o: «Has hecho lo que has podido», recoge tu maleta y enfila el pasillo detrás de la persona que te han asignado para recibirte hasta llegar a tu habitación. No mires atrás. No te precipites hacia la ventana del corredor ni te pongas a despedirte frenéticamente con la mano de la parte trasera del coche de tu marido mientras este se marcha poco a poco (él no puede verte). No preguntes si podrías haber hecho algo distinto (no es el caso), ni quién explicará tu ausencia a las señoras del vestuario de la piscina ahora que estás «fuera» (nadie; ya lo saben). No pienses: «Relegada». No pienses: «Desechada». No pienses: «Sacrificada». Mejor deja la maleta y preséntate a tu nueva compañera de habitación. Abre el neceser de cortesía (bálsamo labial, bastoncillos, un par de calcetines extrasuaves con suela de goma antideslizante). Finge que lo comprendes.

Después de haber vivido en una casa grande de tres dormitorios con tu marido durante más de cuarenta años, a partir de ahora vas a dormir a poco más de un metro de una absoluta desconocida. Puede que sea una maestra jubilada. «Coge un examen y pásalos, coge un examen y pásalos». O una exdirectora de hotel siempre dispuesta a escuchar, comprensiva. «Entiendo su decepción». Puede que sea una ladrona. Puede que hable sin cesar. Puede que acabe siendo la mejor amiga que has tenido en tu vida. Si te tiene toda la noche despierta rechinando los dientes, ponte los tapones (véase neceser de cortesía). Si se empeña en controlar ella sola la cortina de separación, proponle hacer turnos. Si se queja a su cuidador de memoria de que tienes «demasiadas flores», sé amable y regálale unas cuantas. No la avergüences. Esfuérzate por llegar a un acuerdo. Haz todo lo posible por llevarte bien. Siéntate con ella junto a la ventana de la sala de juegos, después de la hora de manualidades. Observa las nubes desplazándose lentamente por el cielo. Espera el anochecer. Intenta no pensar en puertas (todas las que dan al exterior están cerradas con dos vueltas y tienen alarma). Recuerda que también ella es de otro sitio.

Ten en cuenta que es normal un período de adaptación. Si, no obstante, al cabo de un mes sigues sin soportar la idea de pasar ni un minuto más en presencia de tu compañera de habitación, puedes presentar una «solicitud de traslado» (SDT) al Comité de Asignación de Camas, y se pondrán en contacto contigo cuando quede una vacante (porque, en un sitio como Belavista, hay «tasa de cancelaciones»). Se te permite un máximo de tres SDT, después de las cuales te clasificarán como inadaptable, reacia al cambio o, peor todavía, te remitirán a la sala de Reorientación (no preguntes).

Entre las cosas de tu vida anterior que no te servirán para nada en Belavista se encuentran las siguientes: tu tarjeta caducada del supermercado Ralphs (no irás a comprar comida de momento), el enorme paraguas reforzado con nubes blancas por debajo (tampoco vas a enfrentarte de momento al «mal tiempo real»), el anillo de boda (seguro que lo perderías en cuestión de días), la chaqueta de nailon acolchada (por favor, únicamente vestimenta de interior; en Belavista se mantiene una temperatura diurna constante de veintidós grados durante todo el año), tu adorada colección de trocitos de cuerda inútiles (sin comentarios) y la agenda de planificación rápida diaria y semanal (a partir de ahora tendrás los días planificados con antelación). También se desaconsejan los peluches (no somos una guardería), así como cualquier obra de arte original que hayas podido crear en los últimos cinco años. No se admiten fotografías en los alféizares de las ventanas (están declarados espacios libres de trastos). No se admiten mineveras. No se admiten muebles «de fuera». Se ruega no colgar crucifijos encima de la cama (somos una institución sin símbolos religiosos y con una estricta política «anticlavos»).

Transparencia total: en Belavista no todo es lo que parece. El despertador sujeto a tu mesilla de noche es una cámara de vigilancia que se activa con el movimiento. Tu vaso rojo traslúcido es un monitor de hidratación. El termostato debajo del interruptor de la luz es un micrófono. La estilosa pulsera de plata del tobillo es un dispositivo de localización. La compota del plato es un vehículo para la administración de fármacos. Otro tanto el puré de patatas y los trozos grandes de plátano que te sirven de vez en cuando. La bonita moqueta del cuarto de baño es una alfombrilla reductora del impacto de caídas. Tu «entrenadora personal» es una fisioterapeuta; su amistoso saludo –«¡Qué buena cara!»–, un potenciador de la confianza. El jardinero que ves desde tu ventana es un guardia de seguridad. ¿Y esa mujer un tanto desconcertada que te devuelve la mirada en el espejo del baño? Eres tú.

Con la excepción de tu médico, que irá a verte una vez al mes y en tres minutos te recetará las medicinas, cerrará tu historial («Me alegro de verla») y saldrá a toda prisa («¡Siguiente!»), te atenderán exclusivamente mujeres de mediana edad, de color, de países con necesidades económicas, que tienen dos o tres trabajos agotadores para poder pagar el alquiler. Tienen la tensión alta y dolor de espalda, y hace años que no van al dentista. Acuérdate de darles las gracias cuando vienen en plena noche a arreglarte la colcha. «Quédate conmigo», le dices (los cuidadores de la memoria tienen que estar «alerta» en todo momento). No te ofendas si no les queda tiempo para levantar la vista de sus papeles y saludarte a la mañana siguiente en la sala de juegos. «Si no consta en el historial, no sucedió». Si puedes, intenta facilitarles la vida. Les están pagando el salario más bajo posible para que te quieran.

Te quedan días enteros por delante (si tienes suerte). Puede que acabes pasando el tiempo como Miriam, de la habitación 11, recorriendo sin cesar los pasillos, horas y horas. «¿Alguien ha visto mi cepillo del pelo?». O a lo mejor solo puedes andar arrastrando torpemente los pies. O puede que te empeñes en colocarte ante la ventana todas las tardes después de comer, mientras se te asienta el estómago, a ver pasar los coches (un pasatiempo que les encanta a muchos de nuestros residentes varones). «Seguro que ese tío no cruza antes de que cambie el semáforo». Por regla general, sin embargo, lo más probable es que pases aproximadamente el treinta y dos por ciento del tiempo libre de vigilia sin hacer nada, el treinta y seis por ciento haciendo prácticamente nada y el resto del tiempo libre en actividades de grupo con moderador, como «La hora del círculo» (opcional, pero muy recomendable), «Jugar con decisión» (obligatorio), «Juegos mentales para entrenar el cerebro» y las versiones libre y de motivación táctil de «Vamos a rememorar». Por una módica cantidad adicional, también puedes disfrutar de los beneficios de la musicoterapia personalizada (bongós africanos que imitan los latidos del corazón humano), fototerapia con luz azul que garantiza la restauración del ritmo circadiano en cuestión de minutos (el programa se ha suspendido temporalmente, hasta que se termine el proyecto de instalación de iluminación graduable con led en toda la residencia) y sesiones de estimulación cerebral en privado con la neuroentrenadora Deb (una combinación de estimulación del hipocampo, ejercicios de clasificación por categorías basados en el método Montessori y las fichas para memorizar de toda la vida, todo ello diseñado a la medida para ayudarte a reavivar momentáneamente la chispa sináptica perdida, atenuada o, en el peor de los casos, apagada del todo). Las actividades tranquilas en solitario, como hacer cositas con abalorios, rellenar y colorear con tranquilidad y fingir leer en la biblioteca también tienen unos efectos relajantes e incluso sedantes, según algunos, y los recomendamos vivamente.

Por supuesto, tu principal actividad consistirá en esperar. A que te haga efecto la medicación. A la merienda. A los viernes de patatas fritas. A tu cumpleaños (una magdalena glaseada con una velita después de la comida). A la cita mensual con la señorita Sharon en el salón de belleza de la casa. «Solo las puntas, por favor», dirás. A la próxima llamada de teléfono de tu hija («¡Estoy bien!», le dirás). A cualquier pequeña demostración de afecto. Una mano en el hombro. Un golpecito en la muñeca. Un abrazo. Un achuchón. Un guiño. Una inclinación de cabeza. A que alguien se agache a tu lado y, mirándote a los ojos, te diga: «No te preocupes. Todo irá bien» (a lo que la persona que eras antes replicaría: «No tienes ni idea de lo que estás diciendo»). Y, por último, pero no por ello menos importante, al dulce olvido del sueño.

En Belavista las noches empiezan a las ocho en punto, cuando se encienden simultáneamente las luces nocturnas en todas las habitaciones (nunca volverás a experimentar la oscuridad total) y comienza a bajar la temperatura ambiente. La toma nocturna de medicinas es a las ocho y media. A las diez se apagan todas las luces. A las once toca inspección de habitaciones. La ronda de medianoche empieza a la una. Si ves que a las tres estás con los ojos como platos, contemplando la estrecha franja de luz del techo («¿Qué habré hecho mal?»), quizá te apetezca «encargar» algo de nuestro «menú del sueño», que ofrece un extenso surtido de productos destinados a inducir un estado de reposo óptimo (todos los artículos pueden cargarse a tu factura mensual): antifaces vibratorios, cintas de ondas lentas para la cabeza, gorros «fríos» termosensibles, mantas de lana con peso, que producen una sensación evocadora de tu primer y mejor lecho, el vientre materno. Pero no se facilitan galletas ni zumo (véase la norma «Prohibida la comida nocturna»). Tampoco se admiten los cuentos para dormir aburridos, los aceites esenciales para puntos de pulso, los abrazos y caricias y, lamentándolo mucho, las «almohadas marido».

Puede que de vez en cuando un familiar, amigo o antiguo colega llame a tu puerta, con la mejor intención y sin previo aviso. «¡Toc, toc!». A este tipo de persona se la conoce como visita. Las visitas llegan todas juntas, en manada (las «señoras amigas» de la piscina). Se presentan de una en una, antes o después del trabajo (tu amiga Sylvia), y durante la pausa de la comida (tu amiga Marjorie), o en un arrebato de culpa (tu hija), de camino a casa desde el centro comercial. «¡Hola, mamá!». Vienen en avión una vez al año, de Londres (tu hijo mayor) y Nueva York (tu hijo pequeño). Llegan con cajas de galletas sin azúcar del supermercado (tu marido). Ramos de añejos lirios blancos del mismo supermercado (la floristería «buena» estaba cerrada). Ramitos de albahaca fresca de tu jardín (que nunca volverás a ver). Cierra los ojos y huele. Se acercan a ti y preguntan: «¿Sabes quién soy?», como si fueras imbécil (no eres imbécil). Te hablan del tiempo («¡Qué calor!»). Vienen en coche («¡Qué poco he tardado!»). Estás estupenda, a pesar de que andas ligeramente escorada por la medicación de media mañana. Te preguntan si te tratamos bien (tienes que contestar que sí). Se ganan al personal. Elogian las flores. Examinan los menús semanales. Hacen preguntas con fundamento. «¿Y esto es comida?». A veces se quejan. «¿Por qué llevas la blusa desabrochada?». «¿Dónde tienes las gafas?». «¿Y qué hace el pañuelo de seda que más te gusta hecho un gurruño y lleno de polvo debajo de la cama de tu compañera de habitación?». Pero al cabo de un rato se callan. Miran con disimulo el reloj. Echan una ojeada al teléfono. Se levantan. Se desperezan. Y a continuación te dejan, naturalmente. Hay que volver a la oficina, contestar correos, conservar bosques pluviales, asistir a clases de *spinning.* Son personas ocupadas. Muy muy ocupadas. «Ojalá pudiera quedarme más rato», dicen. O: «¡Te quiero!». Y te das cuenta de que estás pensando, furiosa: «¡Pues no te vayas!». Pero lo que dices es: «Vuelve a visitarme, por favor».

A menos que sea la hora del silencio (los jueves de tres a cuatro de la tarde), la televisión debe estar encendida en todo momento. Incluso aunque no estés en tu habitación, la televisión tiene que estar encendida. Incluso aunque estés en tu habitación, pero el presentador hable en un idioma extranjero incomprensible y, según sospechas, posiblemente imaginario («¡Habla en cristiano, por favor!», quizá le grites a la pantalla), la televisión tiene que estar encendida. Incluso si puedes entender lo que dice el presentador, pero las noticias –tiroteo en un colegio en tiempo real, un accidente nuclear, un ataque de avispas asesinas, lapidaciones y decapitaciones en un remoto reino productor de petróleo– son tan deprimentes que te gustaría ponerte el mejor vestido que tienes y saltar por la ventana, que, como ya hemos dicho, no se abre –y ahora comprendes por qué–, la televisión debe estar encendida. Incluso aunque estés dormida, alucinando, delirando, hablando por teléfono o –Dios no lo quiera– catatónica, la televisión debe estar encendida (en el último caso con el volumen bajo, naturalmente). Porque la televisión no está para entretenerte a ti, sino al personal de la residencia. Dondequiera que te encuentres a un trabajador de la residencia, seguro que encontrarás un televisor: en el comedor (al lado del cartel de ¿TE HAS LAVADO LAS MANOS?), en la sala de terapia física (encima de la cinta de correr antigravedad), en tu habitación (unos centímetros por encima de tu cama, en el extremo de un brazo articulado) y, por supuesto, en la sala de la televisión, de redundante nombre (una pantalla plana gigante instalada en la pared, encima del dispensador de gel desinfectante), que, pendiente de la aprobación empresarial, pronto pasará a llamarse sala multimedia (un ordenador, un televisor, una cesta de mimbre llena con las revistas del último mes). Porque cada habitación de Belavista es, en cierto modo, la sala de televisión.

Con la única excepción del vestíbulo. El vestíbulo –sillones de cuero, aparatosos adornos florales, cuenco de fruta de cortesía, fotografías elegantemente enmarcadas de impresionantes paisajes en blanco y negro, de cuyo mantenimiento se encarga en persona la doctora Nancy– es un espacio sin televisión, de silencio y respeto, reservado para posibles residentes y sus familias. Los únicos ruidos que se oyen en el vestíbulo son los fugaces murmullos de los recién llegados registrándose con el «embajador del vestíbulo» en la recepción («Este sitio es precioso») y, a lo lejos, el relajante susurro de nuestro centelleante muro de agua. No se permite la entrada de residentes al vestíbulo.

Otras zonas vedadas a los residentes son la sala de descanso del personal, la sala de los medicamentos, las máquinas expendedoras (se anima a los residentes a ceñirse en todo momento a sus objetivos nutricionales), el despacho de la administración, el despacho de la dirección, la tienda de regalos, la sala de reuniones familiares (en tu reunión grupal se admite a todos los miembros de tu familia «de fuera», salvo a ti) y todo cuanto quede al otro lado del cristal tintado con protección solar (la verde hierba es solo para las visitas).

Una advertencia sobre el lenguaje. Aquí decimos «el punto de la secuencia en que te encuentras», no «tu estado está empeorando». Decimos de una persona que es «presintomática», no «¡Pero si parece completamente normal!». Y «vamos a continuar hacia el siguiente nivel», no «ha llegado el momento de aumentar la medicación». Los problemas a los que preferiríamos no enfrentarnos se clasifican como «no preocupantes» y se remiten al Comité de Calidad de la Asistencia para un «examen y estudio más a fondo». Las infracciones graves del código sanitario son «errores pasados». La gente «de fuera» son «los no afectados». Y a una habitación con ventanas chapuceras la llaman «la galería» (no hay que confundirla con «la sala de recreo»). Entre los tópicos que jamás proferiremos destacan: «Vas a salir de esta» y «Mañana todo irá mejor» (no creemos en la mentira piadosa). Y tampoco te llamaremos «cariño», ni «la cama 37B» ni «la portadora de la mutación de Ivalo de la habitación 21». Te llamaremos sencillamente por tu nombre.

Algunas cosas más que no haremos: no te dejaremos tomar la salida más fácil ni mirar hacia otro lado de manera prematura (debes «seguir el camino» hasta el final). No te felicitaremos por los logros normales cotidianos, ni te hablaremos en un tono anormalmente alegre. Por mucho que digan los rumores, nunca te daremos por perdida. Te facilitaremos un entorno estimulante, pero no en exceso exigente, en el que puedas fortalecerte y progresar. Se acabó el «enmascarar» o aparentar asintiendo con la cabeza cuando intentas resolver el misterio de relacionar cara y nombre. «Abby». «Betty». «¿Clara?». Se acabaron las repeticiones. «¿Qué tal estás?». «¿Qué tal estás?». Se acabaron los pósits por toda la casa. Primero, calcetines. Después, zapatos. Se acabó el devanarte los sesos intentando encontrar el término exacto, cuando bastaría una palabra medianamente decente. «¿Pueden distinguirlo?». (Sí, pueden). Aquí, en Belavista, ya puedes despedirte de los pósits amarillos y de los trucos mnemotécnicos y, por primera vez desde que aparecieron los síntomas, bajar la guardia y sentirte como en casa, entre los tuyos. Porque aquí, en Belavista, lo sabe todo el mundo.

Como a muchas personas que sufren dolencias semejantes a la tuya, es posible que te invada un amor repentino e inexplicable por los árboles. No sabemos a qué se debe. Incluso si no eras «muy de árboles» antes, en tu «antigua vida», es posible que te despiertes un buen día con una profunda y novedosa estima por el sicomoro enfrente de tu ventana (en el supuesto, claro, de que tengas la suerte de estar en una habitación con vistas a la naturaleza). «Mira, fíjate», dirás, como si nunca le hubieras prestado mucha atención a nada. O quizá siempre fuiste una amante de la naturaleza en teoría y tenías la intención de salir de excursión –¡pensabas ir con los chicos al parque nacional de Muir Woods!–, pero te hiciste vieja y no los llevaste. «¡Se me olvidó!». Y aquí estás, sentada en tu silla junto a la ventana, contemplando embelesada «tu árbol», su copa verde bien definida, las aterciopeladas sombras negras, el tronco sinuosamente curvo, el marrón de la corteza. «Mira, mira –dirás–. ¿Lo ves?». Te has enamorado –al fin– de un árbol. Nada más despertar por la mañana, descorres la cortina y «compruebas» que sigue allí. Y allí seguirá cada mañana, como descubrirás con asombro y alegría. Y por la noche, antes de acostarte, contemplarás una última vez su silueta, familiar pero misteriosa. «¡Ahí está!». Crees que podrías pasarte la vida entera mirando ese árbol –y algunos días podrías tener la impresión de que es justo lo que has hecho–, y que con eso te bastaría. La belleza capturada. Una vida bien vivida. Te habrás asomado al corazón mismo de lo sublime.

Pero, si por casualidad te han asignado una habitación que da a la trasera del almacén de UPS, con mucho gusto te instalaremos, por una cantidad nada desdeñable, una de nuestras «ventanas virtuales» con convincentes imágenes de árboles, del tamaño y la forma que tú escojas. O, si prefieres algo incluso más realista, quizá desees considerar una de nuestras opciones más populares de espacios verdes: «los árboles en tiempo real», con una sensación de profundidad acentuada, que «crecen» a un ritmo «natural». También podemos «recrear» la vista del jardín trasero de la casa que acabas de dejar. «¡No os olvidéis del tendido eléctrico!», es posible que pienses. O incluso, si lo deseas, la vista del caqui de tu madre desde la ventana de tu habitación de pequeña. Y si no te puedes costear el mundo virtual, con mucho gusto llamaremos a Dave, Césped y Jardines, para encargar una maceta con su planta.

Uno de los peores momentos del año será la temida Semana del Villancico, el festival musical impuesto por la dirección, durante el cual te cantarán continua, agresiva y, en ocasiones, despectivamente («Están todos chiflados»), ocho, nueve o diez horas al día. Unos acordeonistas ciegos te darán la serenata de manera ininterrumpida durante las comidas. Los coros de góspel competirán para que les prestes oídos en los pasillos y te animarán a que participes en la juerga. En la sala grande te rodearán manadas de lobatos chiquitines de los Scouts, cantando a voz en cuello *Navidad, Navidad, dulce Navidad.* «¿Otra vez?». Te aconsejamos lo siguiente: siéntate cómodamente, relájate y déjate invadir por la música. Porque nada podría hacer más feliz a esa gente que volver a casa sabiendo que tú has sido su buena obra del día. Y cuando el último villanciquero haya abandonado el edificio y se acabe el jaleo, el estruendo normal de Belavista nunca te habrá parecido tan agradable: el grato retintín de los timbres de aviso, el entusiasta repiqueteo de los teléfonos («¡Es para ti!»), el alegre y frenético zumbido de las luces fluorescentes del techo, la voz estridente y, sin embargo, amistosa de Jessica, la gestora de «Enriquecimiento de la vida», anunciando por el interfono un cumpleaños, un aniversario o simplemente que «las actividades han acabado y es hora de que volváis a vuestras habitaciones».

Puede que, a veces –al anochecer, el domingo por la tarde, en mitad del invierno–, te invada de repente un intenso deseo físico de volver a casa. Te dices a ti misma que lo único que quieres es sentarte delante de la televisión con tu marido en el feo sofá marrón y comer por última vez sobras frías de fideos chinos. Y que con eso te conformarías. «Solo un día normal y corriente». Y después, te dices, volverías de buen grado (porque empezarás a darte cuenta de que «este sitio tampoco está tan mal»). Así que coges el bolso y las zapatillas, te pintas los labios y te diriges a la salida de emergencia al final del pasillo. «Enseguida vuelvo», les dices tranquilamente a los de tu equipo de memoria, como si salieras del laboratorio del hospital para comer algo antes de regresar al trabajo. Pero recuerda que no estás en el laboratorio. Llevas casi cincuenta años sin trabajar en allí. Estás en Belavista. Belavista es tu última parada. El final de la línea. ¿De qué línea?, podrías preguntar. La línea que empezó, hace muchísimos años, en el feliz suceso de tu nacimiento. ¡Es una niña! Pero no te desesperes. Dentro de poco, Belavista llegará a parecerte tu hogar, y tu equipo de memoria, tu «segunda familia». Es más: dentro de poco olvidarás por completo a tu «primera familia» y tendrás la impresión de haber estado siempre aquí (y quizá en cierto modo cósmico sea así). En realidad, dentro de poco estarás en casa.

En el momento más inesperado es posible que de repente te asalte el miedo. Puede que una noche te desveles y ya no puedas volver a dormirte, preocupada por si se habrán quedado sin bizcochos en la cocina. O por si tu marido se habrá olvidado de descongelar el redondo de ternera. «¡Se morirá de hambre!». O por si el último suéter que te quedaba, el azul de punto trenzado con los dos ciervos saltando, que te gustaba y odiabas a la vez –«¡Mira que es feo!»– no vuelve de la lavandería. A lo mejor te preocupas por haberte olvidado de escribir un diario (deberías haber llevado la cuenta de todos esos años). O por que tu hija necesita unos zapatos nuevos. O por que a tu compañera de habitación, a la que has llegado a tener un cariño que no te puedes explicar –«Se pasa el día ahí tumbada, sin hacer nada»–, se la lleven de repente en plena noche. Quizá te preocupes por si acaso te has equivocado de habitación. O de cama. O de vida. Por si esa vida del exterior sigue su marcha sin ti (así es). Por si no te quieren (sí te quieren). Por si no estás bien (no estás bien).

Por si no te echan en falta (pero sí, y mucho más de lo que te imaginas).

Con el lento paso de los días irás olvidando más y más. Tu terrible infancia durante la guerra. Los bonitos jardines de Kioto. El olor de la lluvia en abril. Lo que acabas de desayunar. «Crema de trigo, salchichas y tostadas». El accidente de coche, hace cuarenta y tres años, en el que murió el primo que más querías, Roy. Olvidarás el día en que conociste a tu marido. «Estaba segura de que se marcharía en una semana». El bebé perfecto que tanto deseabas. La niña defectuosa que tuviste. Todos los largos que hiciste un día tras otro, un año tras otro, en la piscina. Olvidarás la palabra para decir «bicicleta». «Pez». «Piedra». El color de la hierba. Los sonidos de un arroyo. Y con cada recuerdo del que te desprendas te sentirás más ligera. Dentro de poco te quedarás del todo vacía, reducida a la nada, y por primera vez en tu vida serás libre. Habrás alcanzado el estado al que aspira todo meditador consciente en este planeta: existir entera y plenamente «en el ahora».

Sin embargo, de vez en cuando puedes tener un buen día o incluso una buena semana. Se disipa la niebla. Vuelven los recuerdos. Tus pensamientos confusos se reordenarán misteriosa, inexplicablemente, para formar frases coherentes, de sintaxis correcta. «Pero esta habitación, ¿de quién es?». Y tu familia –«¡Estupendo!» –se alegrará. «¡La medicación está funcionando!». Según las predicciones, dentro de dos o tres semanas volverás a ser la de antes. O a lo mejor –puede ocurrir– eres esa persona entre diez mil con diagnóstico erróneo. «¡Resulta que era falta de vitamina D!». No te engañes. Tu «mejoría» es temporal y pasajera. El deterioro se ha detenido solo momentáneamente. Has llegado a lo que aquí, en Belavista, nos gusta llamar una «meseta». Mañana, o la semana próxima, o incluso dentro de unos minutos, reemprenderás tu trayectoria cognitiva descendente y la niebla volverá a bajar.

¿Qué más puedes esperar? Con el tiempo, los ojos se te apagarán, se pondrán vidriosos, se quedarán vacíos y, por último, completamente inexpresivos. Los huesos se volverán frágiles; el pelo, ralo. Los dientes, si todavía tienes alguno, se pondrán amarillos y después marrones. Te los lavarán muy de vez en cuando. Nadie se acordará de pasarte hilo dental por debajo de los puentes. «Lástima de dinero gastado en dentistas». Tu voz empezará a temblar. Pronunciarás las frases entre titubeos. Y de repente, un buen día, en un momento que nadie puede predecir, ni siquiera tu cuidadora de memoria, quien mejor te conoce, articularás tu última palabra. Puede que sea «Sí», o «¡Zumo!». O quizá te limites a sonreír, parpadear dos o tres veces y decir, encogiéndote de hombros: «Bah». Y ya está, no se te volverá a oír. «Ha emprendido el camino de descenso», decimos aquí. Pero ese día aún queda muy lejos.

«¿Por qué estoy aquí otra vez?», quizá nos preguntes de cuando en cuando. Y te lo recordaremos con amabilidad, con afecto. Porque tu marido había empezado a notar últimamente que «no eras la misma». «¿Y quién iba a ser si no?», le preguntaste. Porque, cuando los médicos te pusieron una inyección de contraste radiactivo, el escáner se iluminó como un árbol de Navidad. Porque las imágenes de la resonancia magnética estaban plagadas de lesiones. Porque te despertaste una mañana y notaste que tu cabeza andaba «mal». Porque, al cabo de nueve meses, tu familia recibió al fin la llamada. «Hay una cama». Porque, como todos los demás, tú también te has hecho vieja. «Ha llegado tu turno». Porque, como ya te explicamos antes, no pasaste la prueba. «Porque».

Al firmar más abajo reconoces que has comprendido, dentro de tus posibilidades, cuanto acabamos de decirte, y que te comprometes a aceptar nuestros términos y condiciones. Si tienes alguna pregunta más, te rogamos que la escribas en la hoja en blanco adjunta, y un miembro de tu equipo de memoria se pondrá en contacto contigo lo antes posible. Las preguntas que puedes hacer son: ¿qué día es hoy? (véase tablero de orientación de la realidad), ¿qué tiempo hace? (véase ventana), y ¿qué hay de merienda? (biscote con queso fresco). Las preguntas que no puedes hacer son: ¿quién se ha llevado a los niños? (a los niños no se los han llevado). ¿Esto es todo lo que hay? (siguiente pregunta, por favor). ¿Qué pasa cuando me vaya de aquí? (se borrará tu nombre de nuestra base de datos). ¿Y qué dirán de mí cuando me haya ido? («Una nadadora entusiasta». «Regular como conductora». «Una madre fantástica». «La luz de mi vida»).

Esperamos que disfrutes de tu estancia entre nosotros y te damos las gracias una vez más por haber elegido Belavista.

Euroneuro

¿Qué es lo que empezó a hacerle olvidar?, te preguntas. ¿Sería el producto químico del tinte del pelo que una vez le dejó el cuero cabelludo de un rojo resplandeciente durante dos semanas? ¿Habría algo tóxico en la laca (Aqua Net) que estuvo usando más de treinta años, dos e incluso tres veces al día? «¡Aguanta la respiración!», te decía antes de apretar el pulverizador y desaparecer bajo una fría neblina blanca. ¿Sería el Raid con que rociaba la encimera de la cocina en cuanto veía una hormiga? ¿Sería algo ocasional? ¿Genético? ¿Una serie de microictus? ¿Algo en el agua del grifo? ¿El antitranspirante con aluminio? ¿Falta de sueño (se quejaba de que tu padre roncaba desde el día que se casaron)? ¿Demasiada televisión? ¿Escasas aficiones? «Sí, claro, aficiones

–te dijo un día–. Ni que tuviera tiempo para aficiones». ¿Debería haber comido más arándanos? ¿Menos mantequilla? ¿Haber leído más libros? ¿Haber leído incluso un solo libro (no recuerdas haberla visto leer ninguno jamás, a pesar de que siempre había un montón enorme en la mesilla, al lado de la pila de calcetines desparejados, que tenía intención de leer: *Yo estoy bien, tú estás bien*; *Cómo hablar con tu hijo adolescente*; *Aprende francés en una semana*)? ¿Sería por el tratamiento hormonal sustitutivo después de la menopausia? ¿El estradiol? ¿La Provera? ¿La tensión alta? ¿La medicación para la tensión? ¿La enfermedad tiroidea no diagnosticada? ¿La profunda y persistente depresión en la que cayó al año siguiente de la muerte de su madre, tres días antes de cumplir ciento un años? «Y ahora, ¿qué se supone que tengo que hacer», dijo. ¿Serías tú?

Raramente la llamabas. No has tenido hijos (y, salvo un corto período de cinco meses en tu cuadragésimo cuarto año –¡demasiado tarde!–, tras la repentina e inesperada ruptura con un hombre con el que estuviste brevemente comprometida, nunca has querido tenerlos). Te fuiste de casa pronto, a una ciudad lejana de la que casi nunca volvías, y cuando regresabas, te ibas disparada a la habitación de tu infancia (después sería la de tu madre) y cerrabas discretamente la puerta, que ella abría cinco minutos más tarde y a intervalos regulares de cinco minutos durante el resto de tu breve pero agotadora visita, para contarte las últimas novedades: el marido de quién se había suicidado bebiéndose tres litros de ginebra en una habitación del Motel 6 de Ventura, quién acababa de declararse insolvente, quién se había quedado embarazada sin querer a los cuarenta y nueve años, y por primera vez («¡Así que todavía hay esperanza!»), a la hija de quién habían rescatado en un bote hinchable en Micronesia después de ir a la deriva por el Pacífico dos días y medio («¡Sobrevivió a base de pastillas para la tos y agua de lluvia!»), quién tenía fibroma, gota, gemelos, un tumor, un melanoma, una crisis nerviosa de tal calibre que se quedó desnuda en medio de la lluvia en el aparcamiento de una hamburguesería Carl's Jr., amenazando al cielo con el puño a las tres de la mañana y gritando: «¿Hay alguien ahí?». Te agobiaba. Te ponía de los nervios. Te hechizaba. Te espantaba. «¡Habría que darle un tranquilizante!», te dijo tu exmarido el día que la conoció. (Y lo que te dijo ella sobre él, y con razón, al día siguiente de que te dejara: «Tú le mirabas mucho más de lo que él te miraba a ti»).

Al día siguiente de llevar a tu madre a la residencia (la última vez que fue en coche), tu padre le pide a la asistenta, Guadalupe, que no lave las sábanas de la cama en que dormía ella. «Espere a la semana que viene, por favor», le dice. Guadalupe, que siempre le tuvo mucho cariño a tu madre (la contrató hace dieciocho años, antes de empezar a olvidar), y cuya madre solía acompañarla los lunes por la mañana para ayudarla a limpiar la casa, hasta que le diagnosticaron cáncer de mama metastásico en fase cuatro, con cuarenta y seis años («No hay fase cinco», te recordó tu madre), dice: «Sí, señor Paul. Lo entiendo». A la semana siguiente vuelve a pedirle que no arregle la cama. Y a la otra. Así que la cama de tu madre (antes tuya) sigue sin hacer. Hay un mechón de su pelo, aún oscuro (Clairol Nice'n Easy, negro natural), en la almohada. La almohada –sin ahuecar– conserva la forma de su cabeza. Al pie de la cama, medio escondidas, están sus zapatillas rosas raídas (se llevó las buenas a la residencia).

En los primeros días que pasó allí, te dice la enfermera, tu madre deambulaba por los pasillos llamando a las puertas, curioseando en los armarios, mirando debajo de las camas, llamando a tu padre. El terror de verse abandonada. Pero, pasado un tiempo, empezó a adaptarse. Ahora dice lo mismo todos los días: «Mi marido viene a recogerme mañana».

Tu padre te dice por teléfono que a él también le da por buscarla, sin ser consciente de ello. Siempre que pasa por delante de su habitación asoma la cabeza para ver si está allí. A veces se despierta en mitad de la noche y da una palmadita en la cama, a su lado, «para comprobarlo», a pesar de que hace más de seis años que no compartían la cama, y a pesar de que sabe que ella no está allí. A veces la oye llamándole desde el otro extremo de la casa, o las rápidas pisadas de sus zapatillas sobre la alfombra delante de la puerta de la habitación de él. Anoche creyó verla en la cocina, con el delantal azul desteñido, lavando un montón de platos en el fregadero. Y todo volvió a estar en su sitio unos momentos. (Pero si detestaba esos platos, ese delantal, ese fregadero, te dan ganas de decirle. Y te preguntas: sin tu madre en la cocina, ¿quién es él? «Un viejo en una casa vacía»).

Te la encuentras sentada y en silencio en la sala de recreo, junto a la ventana que da a la calle, mirando a los niños que vuelven a casa del colegio. Tiene las manos entrelazadas con delicadeza, como dos pájaros, en el hueco del regazo. Tiene las uñas limpias. Lleva el pelo tirante, pegado a la cabeza. Parece tranquila; posiblemente la han sedado. Pero en cuanto te ve, se alborota tanto que casi se echa a llorar. «¡Has venido!», dice. Después baja la voz y añade en un susurro: «Qué vergüenza. Estoy deseando subir al coche y volver a casa».

Las señales típicas se manifestaron en fase temprana, por supuesto, pero tú decidiste no hacerles caso. El bote de crema facial Pond's en la nevera. El arroz quemado una y otra vez. La olla con agua hirviendo abandonada en el fogón (y los correspondientes trocitos de huevo reventado y aplastado en el techo que tu padre raspó con paciencia). La sonrisa ligeramente descentrada. La fracción de segundo –tan breve que apenas se notaba, pero en ese instante te dabas cuenta de que tú no existías– que tardaba en reconocer tu voz cada vez que la llamabas por teléfono. El montón de tarjetas de Navidad a medio escribir que te encontraste desparramadas por la mesa de juego el 26 de diciembre –«¡Ha pasado otro año!», empezaban todas, pero no seguían más allá–, y las llamadas de teléfono que comenzaron ese día y continuaron el día siguiente, la semana siguiente y todo el mes de enero: «Alice, ¿estás bien?». «Era solo para comprobar que sigues viva». «¿Va todo bien?» Sí, sí, decía tu madre, estaba bien, solo un poco... cansada. A pesar de que había dejado de cocinar. Había dejado de ir a la compra. Había dejado de nadar. Había dejado de guardar su ropa; todas las noches la tiraba de cualquier manera sobre el respaldo de su sillón de orejas rosa descolorido, que no tardó en parecer cualquier cosa menos un sillón. Y un día te diste cuenta de que había dejado de limpiarse las gafas. Las lentes estaban llenas de marcas grasientas de dedos; la montura, torcida y desnivelada. ¿Cómo podía ver con eso?, le preguntaste. Y, sin darte cuenta, añadiste: «¡Ni que estuvieras loca!».

Pero no lo sabías. ¿Cómo ibas a darte cuenta? Porque la mayoría de las veces aún podía calcular la propina en el restaurante chino del centro comercial –Fu Yuan Low– al que iban tu padre y ella los domingos a las seis (el veinte por ciento redondeando al alza o, si era Fay, su camarera preferida, el veinticinco por ciento). Aún se acordaba de tu cumpleaños. Aún se acordaba del cumpleaños de tu padre. Y del cumpleaños de tu otro hermano (el nene), el mismo que después de más de treinta y nueve años seguía sin poder recordar el cumpleaños de nadie, aparte del suyo. Se acordaba de la clave del candado de su primera bicicleta. «Seis, quince, treinta y nueve». Y de la matrícula del Ford de 1949 de segunda mano que se compró en 1954 por quinientos dólares –«una fortuna»– con el primer sueldo del hospital. Se acordaba de la dirección del médico nuevo que había ido a ver esa misma mañana con tu padre, recordaba el número de la consulta del médico nuevo, el número de teléfono del médico nuevo, el nombre de la recepcionista del médico nuevo, lo que llevaba la recepcionista del médico nuevo («¡Parecía una golfa!»). Todas esas cosas aún las recordaba.

¿Y qué, si le daba por regar la orquídea favorita de tu padre cuatro y cinco veces al día, provocando su muerte repentina y prematura y una pequeña inundación –un charco, en realidad– en la mesa de caoba del comedor? «Pues compraremos otra», dijo tu padre (¿Se refería a la orquídea o la mesa del comedor? No te acuerdas. Probablemente a las dos cosas). ¿Y qué, si se empeñaba en seguir sus propias normas de tráfico cuando iba al volante: «¡Giro a la derecha en rojo porque sí!». ¿Y si te preguntaba tres veces en quince minutos si necesitabas más ropa interior (siempre pensando en ti), o contaba la misma historia cinco veces seguidas («¡La hija de los Kawahashi se ha casado con un mormón!»), o de vez en cuando pronunciaba mal tu nombre? ¿Qué más daba una vocal más o menos? ¿O que faltara una consonante?

El médico nuevo dijo que no era alzhéimer. Si lo fuera, dijo, no habría recordado haber ido al Costco la semana pasada con tu padre, ni su próxima cita para comer en el Olive Garden con su buena amiga Jane («¡Me muero de ganas!»). Era demencia frontotemporal. DFT. Algunos síntomas: cambios graduales de la personalidad, conducta inapropiada en público, apatía, aumento de peso, desinhibición, deseo de acumular cosas. Cuando tu padre preguntó el pronóstico, el médico nuevo –un antiguo prodigio del violín israelí de voz aterciopelada, con fama de ser «uno de los mejores»– entrelazó las manos sobre la mesa y suspiró. Era terminal, dijo. Atrofia del lóbulo frontal. «Ravel la tenía».

Había vivido durante años a la espera del Grande.* Todas las noches, antes de acostarse, comprobaba que los pestillos antisísmicos estuvieran bien sujetos en todas las puertas de los armarios de la cocina. «¡Mis platos!». Almacenaba comida en la despensa: botes de sopa minestrone, espinacas a la crema, latas de carne, bolsas de galletas de arroz *senbei*, tarritos de nueces de macadamia, su comida favorita para las catástrofes. Porque nunca se sabe. ¡Hay que estar preparado! La desgracia puede sobrevenir en cualquier momento del día o de la noche (el coche que vira bruscamente delante de ti en el último instante, la llamada en la puerta antes del amanecer: «¡Abre!»). Y ahora, al fin había llegado el Grande.

Empezó a meterse clínex en el sujetador todas las mañanas para que no se le notaran los pezones. Se empeñó en beber el café en el mismo vaso de poliestireno sucio un día tras otro. Se obsesionó con los camiones (eran terribles), el telediario («Ya no daban buenas noticias»), los niños revoltosos en los restaurantes (era

* *The Big One,* el Grande: terremoto de gran intensidad y consecuencias devastadoras que podría producirse en cualquier momento en California, debido a la falla de San Andrés. *(N. de la T.)*

culpa de los padres), las luces rojas (las detestaba), los coches patrulla (habría que prohibirlos). Cuando su prima Harriet la llevó un fin de semana a la isla Catalina, las estatuas de bisontes pintados de la calle mayor de Avalon la sacaron de quicio. «¡Son espantosas!». En el supermercado, siempre que veía a alguien que se le parecía –menuda, mayor, de pelo negro, ojos rasgados–, iba derecha hacia ella y le decía: «Perdone, ¿la conozco?». Normalmente, se quedaban mirándola y replicaban: «¿La conozco yo a usted?». Pero la conversación no pasaba de ahí.

Siempre, el deseo de estar con «los suyos».

La mujer al otro lado de la cortina es vietnamita. Tiene un rostro precioso, sin arrugas. Y el pelo negro azabache. Nunca sale de la cama. Nunca tiene visitas. Nunca dice ni una sola palabra. Sobre todo duerme. «Noventa y tres años», te dice la enfermera. «No creo que dure mucho», comenta tu madre. Coge dos píldoras de un vaso diminuto de papel y traga. «Cuando esté mejor, podemos ir de compras a Nordstrom. Te compraré un vestido», te dice. Al otro lado de la ventana, en el aparcamiento, una mujer joven está suplicándole a su hijo que salga del coche. Tu madre da un golpe en el cristal y se vuelve hacia ti. «¿Sabías que te criaste con leche materna?», pregunta.

Fue a visitar a su madre cinco días a la semana, durante cuatro años, a esa misma residencia. Le pasaba el hilo dental. Le cepillaba el pelo. Le cortaba las uñas. Le frotaba con loción de áloe vera reforzado con vitamina E las piernas, los pies y entre los dedos de los pies. Le leía el obituario del *Rafu Shimpo.* «La señora Matsue ha fallecido por complicaciones de un ictus». Y todos los viernes, sin falta, le llevaba *manju* de judías –su dulce preferido–, de la panadería Fugetsu-Do. «¡La cuidaba tan bien que nosotros no teníamos que hacer nada!», te cuenta una de las auxiliares.

No invitaste a tu madre a que te hiciera una visita ni una sola vez durante todos los años que pasaste fuera. Nunca le escribiste. Nunca la llamaste para felicitarla por su cumpleaños. No la llevaste a París, Venecia o Roma, todos esos sitios que soñaba ver algún día –«Cuando tu padre se jubile», decía, pero a finales del año pasado, cuando se jubiló, estaba «demasiado cansado»–, ni a ninguno de los sitios en los que tú has estado, no una, sino varias veces, para una boda, una luna de miel, un festival literario, una ceremonia de entrega de premios, el estreno de la producción teatral en francés de tu segunda novela, basada en los años más difíciles y dolorosos de su vida (ella, sin embargo, llevó a su madre, por entonces de ochenta y un años, a una «ruta del follaje» que duraba diez días por Nueva

Inglaterra, el año que tú te fuiste a la universidad; ella compró los billetes de avión, alquiló el coche, reservó los moteles, trazó el largo y sinuoso recorrido por tres estados coincidiendo con el apogeo de las hojas y, aunque no había estado nunca al este del río San Joaquín, salvo una vez, tres años durante la guerra, condujo el coche). Cuando te preguntó por qué no estabas más cerca, le dijiste que no lo sabías. Cerraste la puerta. Le diste la espalda. Te quedaste quieta y callada, como un animal. Le rompiste el corazón. Y escribiste.

Y ahora, ahora que al fin has vuelto a casa, es «demasiado tarde» (tu amiga Carolyn llevó a su madre a un crucero de dos semanas hasta Alaska, y dijo que había sido «la mejor experiencia de su vida»).

Desde la puerta la ves encorvada sobre una mesa redonda de formica en la sala de actividades, con varios residentes más, trazando el contorno de un conejito en una lámina de papel acanalado. Encima de ella, en la pared, la televisión retruena. Le das un golpecito en un hombro desde atrás; se detiene y te mira. «¡Esto lo podría hacer una niña de cinco años!», dice. Luego reanuda su tarea. Vuelve a pararse unos segundos más tarde. «Tienes el pelo demasiado seco –dice, antes de añadir–: ¿Dónde está tu padre?».

Siempre que suena el teléfono y preguntan por tu madre o la señora de la casa, tu padre dice que no puede ponerse, lo cual es verdad. Y a continuación se ofrece a darle el recado, que escribe con su letra ilegible en el cuaderno rojo de espiral que tiene al lado de la tostadora, en la encimera de la cocina. «¡Telefonear al dentista para pedir cita para la limpieza!». O le dirá a quien llame que tu madre está fuera, lo cual también es verdad, aunque no tan cierto como que está fuera «para siempre». A veces contesta al primer tono, por miedo a que sea de la residencia y a que haya pasado algo terrible –tu madre se ha caído en la ducha y se ha roto la cadera, se ha atragantado con la comida, está llorando histérica y quiere volver a casa («¡Voy a portarme bien, lo prometo!»)–, pero cada vez deja sonar más tiempo el teléfono, hasta que salta el contestador y la voz de tu madre invade la línea: «Lo sentimos, en este momento no podemos atenderle...». Otra de las razones por las que a tu padre no le gusta contestar al teléfono es su acento (*¿Díjami?*), en el que tú ni te habías fijado (*¡Felisidadis!*), hasta un día en que invitaste a casa a una compañera de clase (¿por qué te puso tu padre un nombre que no puede pronunciar bien?, te preguntó). La mitad de las veces, la persona que ha llamado no entiende ni media palabra de lo que dice tu padre, y una de cada diez veces, acaba colgando. Era siempre tu madre la que contestaba al teléfono (sin acento).

Cuando era niño, te contó tu padre una vez, tenía dos aves canoras (solo conocía los nombres en japonés) en una jaula de bambú, al lado del fogón. Fue hace muchos años, en la minúscula aldea de las montañas de Japón. Los pájaros cantaban de la mañana a la noche y, de vez en cuando, uno de ellos ponía un huevo moteado perfecto. Un día, uno de los dos murió (no sabía cuál; parecían exactamente iguales). La otra ave dejó de comer y adelgazó mucho. La casa quedó en silencio. Puso el pájaro cerca de la ventana para que pudiera oír el canto de fuera de las aves silvestres, pero ni aun así quería comer. Día tras día se posaba inmóvil con la cabeza gacha y adelgazaba, hasta que tu padre comprendió que iba a morir. Una mañana le despertaron los trinos del pájaro. Su madre había colgado un espejito redondo dentro de la jaula y el pájaro estaba erguido en el palo, cantándole a su reflejo. Empezó a comer otra vez y vivió nueve años más.

¿Qué vio el pájaro en el espejo?, te preguntas ahora. ¿A su pareja muerta o su propio reflejo? ¿O eran uno y lo mismo? (Pero la primera vez que tu padre te contó esta historia, reaccionaste de una manera distinta. «¡Qué pájaro más tonto!», dijiste. Tenías ocho años y acababas de terminar tercero de primaria).

Día de San Valentín. De camino a ver a tu madre, tu padre quiere parar en un Safeway para comprarle una docena de rosas rojas (algo que nunca hacía «antes»). Cuando entráis en la habitación de tu madre, ella le mira y vuelve la cabeza. A ti ni siquiera te mira. «¿Sabes quién es este hombre?», le pregunta la enfermera. «Pues claro. Es mi marido –contesta tu madre–. No te dejes engañar por esa sonrisa suya», añade. Cuando tu padre sale de la habitación para ir a buscar un jarrón, tu madre se inclina hacia ti y susurra: «Se está haciendo viejo».

Tu madre se mira las manos con mucha frecuencia, y al principio no entiendes por qué. Pero un buen día: «¿Dónde está mi anillo de boda?». (Detrás de la caja de pañuelos de papel, en el cajón de arriba de la mesilla de tu padre).

Tu madre tenía en su momento unas expectativas excesivas. Quería niños perfectos de pelo negro y lacio, una bonita casa con chimenea y un jardín grande en el que pudieran correr y jugar sus hijos. Después de dos tentativas, una desastrosa (las arterias del corazón del bebé estaban transpuestas) y la otra no, consiguió el bebé perfecto (tú), y después otros dos («los chicos», cada uno de ellos perfecto a su manera), la casa bonita (aunque adosada), consiguió la chimenea (acogedora, con llama de gas), y el jardín lo bastante grande (columpio, cerezo, estanque de ladrillo lleno de carpas koi).

Ahora lo único que quiere es ir en coche con tu padre. «¿A que estaría bien dar un paseo y que yo fuera de copiloto? –le dice cuando tu padre se levanta para marcharse–. Podrías dejar que te guiara yo».

Al día siguiente le dice a la enfermera: «No como huevos, así que se acabaron las relaciones sexuales».

Un recuerdo de antes. Limpieza de primavera. Estás ayudándola a darle un repaso a los cajones para deshacerse de las cosas que ya no necesita: un viejo corsé, con las varillas metálicas torcidas y oxidadas, un mugriento cepillo blanco para el pelo sin la mitad de las cerdas (tú tienes uno idéntico e igualmente mugriento e inservible del que, por mucho que lo intentes, eres incapaz de desprenderte; te lo compró tu madre una tarde, hace treinta y cinco años, en que la señora de Avon llamó a la puerta), una faja de goma, un reloj roto de plástico de Minnie Mouse, un chisme –¿una bolsa de agua caliente? ¿una bolsa para enemas?– que no acabas de reconocer («¡Es una ducha vaginal!», grita tu padre desde el otro extremo de la habitación), un estuche redondo de plástico rosa dentro del cual encuentras un diafragma. Se lo enseñas a tu madre. «¿Lo quieres o lo tiras?». «¡Si me quedo embarazada otra vez, me da algo!», dice. Del fondo del armario sacas una vetusta bata blanca de laboratorio del hospital Alta Bates. «¡Tírala!». Una chaqueta china de seda roja con bordado de flores azules y doradas, regalo de su amiga de la piscina, la señora Fong. «¡Menuda porquería! ¡Tírala!». Un par de zapatos de salón de dedos al aire y los tacones reducidos a tocones. «¡A la basura!». El *blazer* azul de rayas que compró en I. Magnin la semana antes de tu graduación en la universidad. «¡Nunca volveré a ponérmelo!». Una blusa hortera de poliéster que compró en las rebajas de Mervyn hace siglos, todavía con las etiquetas puestas (ÚLTIMAS REBAJAS 50 % DESCUENTO). «Eso, guárdalo», dice. «A lo mejor me viene bien un día para la vivienda tutelada». Y se echa a reír. Y tú también. ¡Porque es una broma! ¡No lo dice en serio! ¡Te estaba vacilando!

Cuando vas a verla hoy, lleva la blusa de poliéster de Mervyn y unos pantalones elásticos verde oscuro que no reconoces («propiedad comunitaria», te explicarán luego). Las enfermeras le han cepillado el pelo y le han dado un poco de colorete en las mejillas. «Te estaba esperando», dice. A su lado, en la cama, hay una funda de almohada con su ropa dentro. «Hoy me mandan a casa». Al otro lado de la cortina a medio correr, la señora vietnamita ronca con suavidad, la boca abierta, un brazo preocupantemente flaco estirado con descuido sobre las sábanas en una postura rara, como si la hubieran dejado caer desde el cielo. «Ojalá se despierte», dice tu madre. Te pones a sacar su ropa de la funda de almohada, una pieza tras otra, y a colocarla otra vez en los cajones. «A ver, que te ayudo», dice. Y te enseña a doblar una blusa como es debido.

Tu padre se aferra a pequeñas cosas. Que tu madre escriba su nombre (resulta ser la última vez que lo hace) es motivo de alegría. Al menos todavía puede escribir, dice. Al menos todavía puede leer. Al menos todavía puede decir la hora. Al menos todavía puede comer sola. Al menos todavía sabe quién es. Al menos todavía sabe quién es cuando se ve la cara en el espejo del cuarto de baño (¡qué listo el pajarito!). Cuando tu padre lee un artículo en *Scientific American* sobre un medicamento que detiene la formación de depósitos anormales de proteína en las neuronas de ratones viejos, no ve la hora de contártelo. «¡Van a encontrar una cura!».

Siempre pensaste que tu madre viviría eternamente. Nunca se ponía enferma. Nunca se quejaba. Nunca se rompió un hueso. Que tú recuerdes, siempre estuvo «fuerte como un roble». Era capaz de abrir cualquier tarro, desenroscar cualquier tapa, cerrar cualquier maleta. («¡Venga, déjame a mí!»). Tenía el arco del pie alto. Tenía unas piernas increíbles (su prima te dijo un día que en el salón de baile siempre encontraba a tu madre por las piernas). Tenía una piel tersa e impoluta. Ni una sola arruga durante años. Siempre que ibais a un restaurante, la gente felicitaba a tu padre por sus cuatro preciosos hijos. Creían que tu madre era tu hermana mayor (la que tendrías que haber tenido).

Cada víspera de Halloween tu hermano se disfrazaba de tu madre. La falda de volantes con cancán. El jersey de cachemira adornado con cuentas y botones de perlas falsas. El lápiz de labios rosa brillante. Las medias de nailon (Lively Lady, color carne). Los zapatos de tacón azul marino, rellenos de periódicos para ajustarse a sus piececitos. Era un niño excepcionalmente guapo. Incluso más que tu madre. ¡Incluso más guapo que tú! Tenía unos enormes ojos negros y una tupida mata de pelo negro rizado –«¡Debiste de fugarte con el lechero!», le decía la gente a tu madre– que le gustaba llevar largo. Todo el mundo creía que era una chica. Hasta que ponía su vocecita de chico: «¡Bu!». Por el contrario, tú te parecías más a tu padre. Los labios finos y estrechos. La frente despejada. Las manos cuadradas de obrero. En la víspera de Halloween, tú te vestías de tortuga.

Tu padre conduce él solo por la ciudad en su viejo Buick marrón. Va a la gasolinera, a la barbería, al supermercado, a la residencia a ver a tu madre, con su cazadora de los años ochenta. El coche de tu madre, el azul, lo saca una vez a la semana para que el motor siga funcionando. A veces los vecinos se sorprenden al verle solo al volante. «¿Y Alice?».

Ha empezado a desaparecer, poco a poco. Le ralea el pelo en la coronilla y tiene la boca ligeramente torcida. Pero en cuanto entras en el comedor –una marea de señoras mayores y algún anciano que otro, solitario y desorientado («¡Si hace diez minutos estaba corriendo por la hierba...!»)–, se le iluminan los ojos, y a ti se te dibuja una gran sonrisa. Pero cuando llegas a su mesa, te das cuenta de que estabas sonriéndole a una desconocida. Te has equivocado de madre. «¡No es la tuya!». Tu madre está sentada en la mesa de al lado, comiendo en silencio en una bandeja de fibra de vidrio amarillo desvaído. Aún come como una señora, acercándose el tenedor lentamente a los labios, dejando pasar unos momentos entre un bocado y otro, masticando pensativa, con detenimiento, y de vez en cuando se limpia las comisuras de los labios con una servilleta de papel blanco y retira alguna miga descarriada. Sin prisas. Toma un sorbo de leche con una paja de plástico de rayas (no recuerdas haberla visto beber leche jamás) y te mira. «¿Sigues siendo virgen?», pregunta.

Tu padre sigue durmiendo en «su» lado de la cama por la noche. Las sábanas del lado de tu madre siguen lisas y estiradas; la colcha, tirante. En la cómoda empiezan a amontonarse las revistas: *Reader's Digest, Oprah, Better Homes & Gardens, Family Circle.* La mesa está plagada de sobres sin abrir con el boletín de *Harvard Women's Health Watch.* Decide encargar por correo el archivador especial para el boletín de la publicación. Nueve noventa y cinco por un trozo de plástico. Encarga seis y los llena con números atrasados del boletín (tu madre los ha guardado todos) que nadie leerá jamás.

Los pósits amarillos siguen repartidos por toda la casa. Dentro de la cocina, en la puerta de la nevera: «No te olvides de tomar las pastillas». Encima del teléfono: «No des datos de la tarjeta de crédito». En el espejo del cuarto de baño: «¿Has cerrado el grifo?». En el espejo de la habitación de tu madre: «¡Alegra esa cara!». En su mesilla, boca abajo, está su vieja agenda de planificación semanal, en la que ha escrito la misma nota un día tras otro, una semana tras otra, con su letra diminuta, femenina: «¡No taches mañana!». (Nunca lo hizo). Tu padre guarda la agenda en un cajón de su mesa. Mete el camisón sucio en la cesta (por fin, después de muchos meses). Pero deja los pósits. Por si tu madre mejora y deciden mandarla a casa. «No quiero que se arme un lío».

El día después de que muriera su madre, tu madre se acomodó en su butaca reclinable de la «sala familiar» y se negó a levantarse. Estaba abatida. Desmoralizada. Furiosa. Le había fallado a su madre. En cierto modo, todo era «por su culpa». Pero, como le recordó tu padre, su madre tenía «ciento un años». «Cien», le corrigió tu madre. Tendría que haber usado más el andador. Haber ido a la clase de memoria. A jugar al bádminton con globos. Haberse apuntado a yoga en silla. Y una y otra vez, la misma pregunta: «¿Cómo ha podido ocurrir algo así?».

Tres semanas más tarde tu padre te llamó para decirte que estaba preocupado. «Tu madre se pasa el día sentada en esa butaca, comiendo galletas y viendo la televisión», dijo. Pero reconoció que había pasado años difíciles yendo a ver a su madre a la residencia cinco días a la semana. No se le podía echar en cara que necesitara descansar. Iba a darle de plazo hasta el primer aniversario de la muerte de su madre, para que «vuelva a orientarse», y después le daría «un toque», pero pasó el primer aniversario y tu madre siguió sin moverse de la butaca.

Otro recuerdo de antes: tu madre, sentada en el borde de la cama, con la cabeza baja, las manos colgando entre las piernas, los hombros caídos. Completamente derrotada. «¿Qué pasa?», le preguntaste. Tu madre, que siempre había vestido con estilo y había llevado las cejas depiladas, perfectamente maquillada, «ni un pelo fuera de su sitio». Tu madre, que te acicalaba (todas las mañanas, antes de ir al colegio, te colocaba «justo así» el pasador del pelo), te compraba cosas («¡Venga, pruébate esto!»), enhebraba el hilo en su vieja máquina de coser Singer y se quedaba hasta las tantas cosiendo para ti (blusas de cuadros, camisas de estilo vaquero con bolsillos de solapa y el clásico canesú doble, tu primera falda envolvente, un vestido a media pierna con cuello de pico –¡escote bajo pero no demasiado! –, mangas abullonadas y cordones, una blusa atada al cuello, con pinzas), ya no era capaz de ponerse los pantalones. «¿Qué hago con la cremallera?», te preguntó.

Quizá fuera ahí donde empezó todo.

Su primera Navidad en la residencia. Le llevas los regalos que tu padre y tú estuvisteis envolviendo la noche anterior en la mesa de la cocina mientras escuchabais a Mahalia Jackson (la favorita de tu madre) en la radio. Cuando le preguntas si le gustaría abrir primero el obsequio de tu padre, dice: «No». Le das uno de los tuyos, una cajita con un amuleto de una libélula de la suerte. Le enseña la caja a la enfermera. «¿Ves cuánto me quiere? Me hace regalitos», dice. Cuando abre las cosas de tu padre –cinco pares de calcetines, un jersey de rombos, un albornoz de felpa, unas zapatillas de lana de cordero con suelas blandas de cuero, un frasco de frutos secos–, dice: «Me hace tantos regalos para engatusarme». Cuando el sábado siguiente la llamas, le recuerdas que tu padre se pasará por allí a verla por la tarde. «No creo que me eche de menos», dice.

Una noche, hace años, cuando aún compartían cama, tu padre roncaba tan fuerte –«¡Como una locomotora!»– que tu madre se levantó y se fue a dormir a tu habitación. Pero pasado un rato volvió. «Me sentía sola». La noche siguiente fue otra vez a tu habitación, pero en esta ocasión durmió allí hasta la mañana. Después ya no hubo vuelta atrás. A todo te acostumbras.

No recuerdas ver a tus padres tocándose ni una sola vez. Nunca los viste besarse. Nunca los viste cogidos de la mano. Nunca advertiste un gesto de ternura entre ellos. Y, sin embargo, cuando tu padre empezó a tener infecciones del tracto urinario y tu madre y él fueron al urólogo a averiguar la causa, el médico salió rápidamente de la consulta, cerró la puerta sin ruido, irrumpió en la habitación momentos después con una enorme sonrisa y dijo: «¡Relaciones sexuales!» (¡Bu!). Cada vez que tu madre te contaba esta historia, y lo hacía con bastante frecuencia, estallaba en carcajadas.

Esta es la primera de las historias que empezó a repetir.

Había otra historia, la de la conductora del coche compartido, la señora Mrozek, que un día olvidó recoger a tu hermano, que tenía tres años, en la guardería Litlle Red, al final de la cuesta (le encontró un policía a más de un kilómetro y medio, dirigiéndose tranquilamente a casa por una calle muy transitada). Y la vez que tu otro hermano, el abogado, le cantó las cuarenta al jefe de tu madre, el doctor Nomura, cuando intentó engañarla con su plan de pensiones («Yo le dije: "¡Mi hijo le verá a usted en los tribunales!"»). Y por supuesto, las historias sobre el «campo». Las torres de vigilancia. Las serpientes de cascabel. La cerca de alambre de espino. Cómo su madre mató todos los pollos del patio el día antes de recoger la casa y marcharse. «Les rompió el pescuezo uno a uno debajo del palo de una escoba», decía tu madre. Y acababa la historia como lo hacía siempre, por décima, quincuagésima, centésima vez: «¡La que se lio!».

La fotografía de su madre todavía sigue encima de la «alacena» del comedor. Tu padre la miraba y decía: «¿Por qué no enseñaste a cocinar a tu hija?». (Aparte del arroz, tu madre solo cocinaba *a la americana*: redondo de ternera, atún guisado, macarrones con queso, ternera Stroganoff con nata agria y crema de champiñones Campbell). Y cuando ella le gritaba, tu padre señalaba la fotografía y decía: «¡Te está mirando!», te contó una vez tu madre, riéndose.

Una tarde, no mucho después de que tu madre se refugiase en su butaca, cuando tu padre se despertó de la siesta vio que había desaparecido. Fue a mirar al jardín trasero, al jardín delantero, incluso al pequeño cobertizo donde guardaba las herramientas, pero no se la veía por ninguna parte. Por último, salió a la calle gritando su nombre, pero no hubo respuesta. Cuando volvió a casa, abrió la puerta del garaje y la encontró sentada en el asiento del copiloto del Buick marrón, esperando para salir de paseo. Se había pintado los labios, llevaba los zapatos «de vestir» y tenía el bolso cuidadosamente colocado en el regazo. «¿Dónde estabas?», le preguntó.

Hoy, la señora vietnamita está completamente despierta, por primera vez. Te sigue con la mirada mientras cruzas la habitación y se da un golpecito en el pecho. «No inglés», dice. Y después sonríe (dientes blancos, brillantes, perfectos; los ojos, dos negros globos danzarines). «¿Tú, hija?», pregunta.

Más tarde, tu madre dice: «Antes todo tenía un nombre, ¿verdad?».

Tu padre hace cosas para pasar el tiempo. Se lee el periódico de cabo a rabo. Aprende a hacer sudokus, y pronto los domina. Observa el eclipse de sol por un agujerito abierto en una caja de cartón. En abril hace la declaración de la renta. Planta árboles junto a la cerca que rodea el jardín trasero del vecino (su obsesión de siempre con la privacidad). Pide disculpas al rododendro moribundo del jardín («Incluso un gusano de un centímetro tiene un alma de un centímetro», te dijo en una ocasión), y lo corta inmediatamente después. Intenta sin mucho entusiasmo ordenar (al fin, después de más de treinta años) el garaje. Se compra un podómetro y sale a andar. Un kilómetro, un kilómetro y medio, dos kilómetros. Y un buen día decide hacer un jardín de rocas frente a la ventana de la habitación de tu madre. Encarga tres sacos de grava blanca al semillero Overlook y, con un sistema de poleas, palancas y sogas sujetas al punto más sólido y estable de la cerca (antes de dar clase de matemáticas en la universidad había estudiado ingeniería), recoge siete grandes piedras blancas del barranco que hay detrás de la casa. Tarda lo suyo –dos o tres días– en colocar y recolocar las piedras hasta que quedan «como es debido». Qué lógica sigue, cómo calcula los espacios entre ellas y su configuración ideal, es algo que ignoras («En comparación con la madre, el padre parece extranjero», le dijo a tu amiga Anne su hija de ocho años). Tu padre saca una foto del jardín de rocas y la lleva a la residencia para enseñársela a tu madre. «¿Has matado las plantas?», le pregunta ella.

Cuando vuelves de un corto viaje al extranjero –un congreso de escritores de diez días en el sur de Umbría–, tu padre te cuenta que tu madre ha empezado a andar arrastrando el pie izquierdo. Le han puesto una silla de ruedas, para evitar riesgos de caída. Sus piernas parecen delgadas como ramas después de solo una semana. Además, está mucho más callada. Y ya no sonríe. Eso es lo que más le preocupa a él.

Cuando entras en su habitación, tu madre está sentada en la silla de ruedas, junto a la ventana, con un espejo redondo en la mano, mirando fijamente, pero con recelo, una mitad de su cara (todas las mañanas, cuando eras pequeña, la mirabas mientras «se hacía la cara» frente al espejo del cuarto de baño). «Nunca pude contentar a mi madre», dice. Le coges el espejo y lo dejas bocabajo en la cama. Le tiembla la barbilla y tiene las manos frías como el hielo. Las tomas entre las tuyas para calentarlas; se echa hacia atrás en la silla de ruedas y cierra los ojos. «Gracias», dice. Después se endereza y abre mucho los ojos. «Cuando te marches, ¿quién va a apagar la luz?», pregunta.

Cuando eras pequeña, siempre que te sentías triste, tu madre te decía: «Mírate en el espejo y sonríe». También decía otras cosas: «Si alguien te lo pide, déjale jugar» (lo hacías, casi siempre). «No vayas de visita a una casa sin llevar un regalo» (a veces se te olvidaba). «Corta siempre las zanahorias en diagonal» (sigues haciéndolo), y «¡Como vuelvas a casarte sin decírmelo, te vas a enterar!» (te fugaste con tu primer marido, el exmonje zen, dos semanas después de conocerle en un retiro con voto de silencio en las montañas de Catskill que duró seis días). Y sobre los hombres en general: «Tienes que fingir que te los tomas en serio», y «¡Tú no eres siempre el centro de todo!».

Pequeños gestos. El impulso de ser amable, todavía. En el almuerzo, cuando la mujer en silla de ruedas que está a su lado empieza a sollozar, tu madre le da una palmadita en la mano. «No llores», dice.

La siguiente vez que vas a verla, la señora vietnamita no está. Han desmontado y desinfectado su cama. Sus cosas –las pocas que tenía– han ido a parar a una gran bolsa de basura de plástico negro. Murió mientras dormía, te dice la auxiliar. Antes de que acabe el día, una mujer *hajukin* (es decir, blanca) más joven llamada Sarah ya ha ocupado su sitio. Sarah tiene cincuenta y tantos años, viste elegantemente, lleva las uñas de manicura y luce una amplia y cálida sonrisa. No te fijarías en ella si la vieras empujando un carrito en el supermercado, piensas. Sin embargo, su vocabulario consiste en una única y trágica palabra: «Tan». «¿Dónde está mi amiga?», pregunta tu madre. Después guarda silencio durante el resto de la visita.

Qué poco pide últimamente. Y por cualquier cosita que haces por ella –ponerle bien las gafas, abrir el cartón de zumo, retirarle una miga de la cara con la servilleta, atusarle el pelo–, dice, en voz baja pero clara: «Gracias».

«Diviértete mientras puedas –te decía antes–, ¡porque, en cuanto te caen los cincuenta, es un no parar de arreglos!». Están a punto de «caerte» los cincuenta y ya has empezado con los arreglos: la fisioterapia para la rigidez del hombro, la eliminación del trío de lunares sospechosos, la ortopedia para la fascitis plantar, la acupuntura –¡inútil!– para la dolorida rodilla con artritis. Después de tu última cita médica –con el de gastro, por el dolor de estómago en cuanto empiezas a comer–, decides cuidarte más. A partir de ahora, a subir escaleras, no solo a bajarlas. Vas a renovar el carnet del gimnasio. Vas a desempolvar tu mantra y a hacer meditación otra vez. Vas a dejar de fumar. Vas a adelgazar. A mejorar la dieta. A dejar la carne. Los lácteos. El café. A prescindir de los panecillos salados. Vas a hacerte vegana. ¡Y virgen! Te vas a dedicar al yoga. A la vida al aire libre. («¡No puedes estar siempre metida en tu habitación!», te decía tu madre, aunque, con la excepción de tu breve incursión en la vida matrimonial, has sido sobre todo –y eres, a fin de cuentas– escritora). Irás andando hasta el mar todas las mañanas, al amanecer, alzarás los brazos hacia el cielo y, lenta, reverentemente, con gratitud y respeto, te inclinarás hasta el suelo y saludarás al sol naciente. «Un día más».

Ya no mira por la ventana. Ya no pregunta por tu padre. Ya no pregunta cuándo va a volver a casa. Pasa varios días sin pronunciar palabra. Otros días, lo único que puede decir es «sí».

–¿Te encuentras bien?

–Sí.

–¿Te va bien la nueva medicina?

–Sí.

–¿Te duele algo?

–Sí.

–¿Te gusta estar aquí?

–Sí.

–¿Te sientes sola?

–Sí.

–¿Sigues soñando con tu madre?

–Sí.

–¿Llevo la blusa demasiado apretada?

–Sí.

–Si pudieras decirme una sola cosa, ¿qué sería?

Silencio.

De vez en cuando resurge un destello de su antiguo ser. «¿Te gustaba tener hermanos?», te pregunta un día (le dices que te encantaba). Y después ni una palabra, durante los cinco meses siguientes.

La última frase completa que pronuncia es «Qué bien que hay pájaros».

Tu padre va perdiendo oído gradualmente, día tras día. «No tengo con quién hablar», dice. A veces se imagina que tu madre está fuera, en el jardín, matando las rosas de tanto regarlas. O que a lo mejor se ha quedado dormida delante de la televisión, con la boca abierta y un pie medio descalzo colgando precariamente del reposapiés acolchado. O que quizá se haya acercado a la casa de al lado a invitar a los nuevos vecinos a contemplar la vista (¡otra vez!), a pesar de que ellos disfrutan de la misma desde su jardín trasero que tus padres desde el suyo, solo que con una diferencia de unos veinte metros. O que a lo mejor ha vuelto a ser como antes y se ha ido a la compra –«¡En Vons tienen costillas para asar en oferta!»–, y en cualquier momento se oirá el familiar ruido de su coche en la entrada. «¡Pii, pii!».

Estáis sentadas en la sala de la tranquilidad, ella en su silla de ruedas, tú en el sofá, a su lado, escuchando el sonido de las olas en la máquina de ruido blanco. Llevas sin oír el sonido de su voz casi dos años. De repente, estira un brazo y agarra el tuyo. Aprieta con fuerza, pero con dulzura. Tiene la mano inesperadamente cálida. Te das cuenta de que tu madre te está abrazando. Y te sientes en paz por primera vez desde hace semanas. «No pares». Os quedáis así varios minutos, ella con la mano en tu brazo, tú en el sofá, a su lado, sin apenas respirar, hasta que llega el momento de llevarla al comedor para el almuerzo. Los mejores cinco minutos de tu vida.

Cada vez que te marchas, te inclinas y le das un beso. A veces se aparta. Otras te mira y te ofrece una mejilla indiferente. Mientras te alejas, siempre te vuelves –no lo puedes evitar– a mirarla. A veces está observándote, pero no parece reconocer tu cara. A veces está mirando al infinito. A veces está encorvada en la silla, contemplándose con intensa concentración el empeine de los pies. Ya se ha olvidado de ti. Pero hoy, cuando te das la vuelta y la miras, tiene la mano en el aire, medio levantada, y se despide lentamente.

Lo primero de lo que te das cuenta cuando tu madre muere es que olvidaste hacer los trámites para la autopsia cerebral. Así que llamas a la señora de la funeraria Fukui, que te da el nombre del patólogo, Wayne Kato, que, por mil quinientos dólares le abre el cráneo a tu madre con una sierra oscilante, recoge el cerebro y lo deposita en una nevera de poliestireno llena de hielo, que es entregada en mano en el laboratorio de la doctora Muller, célebre neuróloga, quien a su vez, y por la cantidad de mil trescientos dólares, lo tiene en remojo en formaldehído durante dos semanas, rebana el tejido y lo dispone en láminas. Cuando la llamas para hablar del informe, te enteras de que sus hallazgos coinciden con los del nuevo médico: no era alzhéimer, sino demencia frontotemporal. Un subtipo de la enfermedad de Pick. Los cerebros de Pick son una rareza, te explica la profesora. «No encontramos muchos». Añade que el cerebro de tu madre sufría «una gran atrofia». En agosto presentará el caso de tu madre en un congreso internacional de neurología y neuropatología que tendrá lugar en París. «El EuroNeuro». Cuando le preguntas si puede enviarte una fotografía del cerebro de tu madre, guarda silencio unos momentos. «Nadie me había pedido nunca una cosa así», dice.

No puedes dormir por primera vez en tu vida. Pruebas a tomar melatonina. Pruebas Lunesta. Sonata. Intermezzo. Orfidal. Pruebas con respiración profunda.

Pruebas a alternar la respiración por cada una de las narinas. Con relajación muscular progresiva. Pruebas a repetir «paz» una y otra vez hasta que deja de sonar como una palabra. Pruebas a tomar infusión de lechuga justo antes de acostarte. Pruebas a tomar un plátano una hora antes de acostarte. Pruebas a no tomar líquidos a partir de las seis. Pruebas con aceite de lavanda. Aromaterapia. Mantas térmicas. Bajar el termostato a diecisiete grados. Pruebas con Sleep Shepherd, el lector de ondas cerebrales. Con masajeador de ojos. Con un proyector NightWave. Con la máquina de sonido Hushh. Pero sigues sin poder dormir.

Tu padre encarga una máquina de CPAP y duerme una noche del tirón, por primera vez desde hace años. Se acabó el despertarse jadeante cada cinco minutos. Se acabaron los ronquidos. Se acabó el quedarse frito durante el telediario de la noche («¡Eh, dormilón!», le decía tu madre). Ahora, todas las mañanas se despierta sintiéndose despejado y reanimado. «Tendría que haberlo hecho hace siglos», te dice. Una semana más tarde sustituye la cama grande del «dormitorio principal» por una otra articulada más pequeña, que le permite tener la cabeza elevada para reducir el ascenso nocturno del reflujo gástrico. Quita los pósits. «¡No te olvides de apagar la luz!». Ella no va a volver a casa.

Os ponéis los dos juntos a revisar todas las cosas de tu madre. En su cuarto de baño encuentras nueve frascos que están vacíos de base de maquillaje Shiseido (marfil luminoso natural); treinta y dos tubos de pintalabios; un cepillo de dientes eléctrico (todas las noches se cepillaba los dientes, se ponía la crema facial y el Oil of Olay –«¡A lo mejor papá me coge de la mano!»– y se zambullía en la cama); una bandeja bucal para el blanqueamiento de los dientes; dos paquetes de pañales para adultos y tres paquetes de compresas sin abrir, que tenía guardados «por si acaso» («A lo mejor las uso algún día»). Naturalmente, todo eso es basura.

En la «guarida» de tu padre, que en cierto momento se convirtió en el «nido» de tu madre, hay montones de cajas de cupones caducados, algunos con más de quince años de antigüedad (tu madre se enorgullecía de ser buena compradora, y era capaz de ir en el coche de un supermercado a otro –Safeway, Market Basket, Ralphs– con tal de ahorrarse cincuenta centavos), cientos de columnas de «Pregúntale a Marilyn», que había pasado horas recortando cuidadosamente de la revista *Parade*, antiguas columnas de Martha Stewart («Trucos fantásticos para guardar y presentar fotos»), recetas del periódico que nunca hacía, vetustos patrones de costura de *Simplicity* y *McCall's*, retales de tela y galones descoloridos, un surtido de trozos de cordel, tarrinas de helado vacías para poder guardar los restos de arroz, múltiples ejemplares fotocopiados del primer relato corto que te publicaron, uno de los cuales había metido en una bolsa de plástico con cierre para enseñárselo a las señoras de la piscina en el vestuario. «¡Mi hija, que es escritora!». Todas estas cosas, también basura.

En el cajón de «los jerséis buenos» de su habitación te encuentras una vieja libreta con los números de teléfono y las direcciones de sus tres hijos («Se dispersaron con el viento»), una lista de las comidas favoritas de sus hijos (a uno de tus hermanos le gustaba el pollo chino envuelto en papel; al otro, las gambas rebozadas, y a ti, a ti te encantaba la anguila); un libro de cocina vegetariana (*El sibarita vegetariano*), que compró cuando te hiciste vegetariana, en el primer año de la universidad (pero en segundo recuperaste tus hábitos naturales de carnívora); un viejo gorro de baño de goma (con las relucientes margaritas amarillas aún intactas); dos barajas de cartas de la marca Bicycle (ella siempre ganaba a los corazones); un estuche de charol rojo para lápiz de labios con espejo interior (de Coach) que le regalaste una Navidad y que, al parecer, no llegó a usar. Te guardas la lista de platos favoritos en un bolsillo. Todo los demás –basura– lo tiras.

En el suelo de su armario hay diecinueve bolsos, todos de baratillo, todos nuevecitos. Tu padre señala uno de ellos. «Ese déjalo», dice. No parece distinto de los demás. Le gustaría guardarlo de recuerdo, dice. Lo apartas.

El día antes de coger el avión hacia el este para asistir a tu graduación en la universidad, tu madre metió sus mejores joyas –tres collares de perlas negras cultivadas de diferentes longitudes que había traído tu padre de Japón en el barco– en un maletín de color marrón. En el aeropuerto, mientras estaba esperando a que tu padre aparcara el coche, se le acercaron dos jóvenes a preguntarle algo educadamente. Tu madre, amable como siempre, deseosa de ayudar como siempre, les indicó el mostrador de facturación que estaba al otro lado de las puertas giratorias de cristal. Cinco minutos más tarde, cuando se agachó para recoger su maletín del suelo, había desaparecido. Tu padre seguía dando vueltas por la terminal, buscando aparcamiento. «Quería regalarte esas perlas –te dijo tu madre después de la ceremonia de graduación–. Eran tu herencia». (Todo lo demás que deberías haber heredado –los platos de porcelana de Imari de tu abuela, los palillos de marfil, el mueble *tansu* antiguo de madera, la pareja de muñecos de emperador y emperatriz, las fotografías en blanco y negro de tus extraños parientes de Japón con sus quimonos– fue destruido en el primer frenesí de olvido, justo después del comienzo de la guerra).

Cuando volvieron a casa, tu padre la llevó al barrio de las joyerías y la dejó elegir unas cuantas piezas: un broche de perlas en forma de flor, unos pendientes de clip de rubíes, una pulsera de plata de ley con sus iniciales grabadas, ninguna de las cuales se puso jamás («No es lo mismo»), y ninguna de las cuales puedes encontrar en la casa. Has mirado por todas partes. Y no están.

Un último recuerdo. Cuando terminas tu tercera novela, tu madre lleva más de un año sin hablar. Dice tu padre que ojalá pudiera oírla decir algo, lo que fuera. Pero le preguntes lo que le preguntes, te mira –los ojos serenos, desolados, capaces de verlo todo– y asiente con la cabeza. Como no estás segura de que sepa quién eres, escribes tu nombre en una tarjeta de identificación y te la prendes en la camisa. Le das un ejemplar de tu libro y observas cómo va pasando las páginas lentamente –aunque con manchas, sus manos siguen siendo elegantes, con dedos delgados que se afilan hasta el remate de las uñas de óvalo perfecto–, y cuando llega a la fotografía de la contracubierta se queda mirando fijamente tu retrato, después mira tu nombre impreso debajo de la fotografía, a continuación tu nombre en la tarjeta prendida en la camisa y, por último, tu cara. Y cuando llega a tu cara te mira a los ojos, con asombro. Su mirada sigue esta trayectoria una y otra vez. La fotografía, tu nombre debajo, tu nombre en la tarjeta, tu cara por encima. Y en cada ocasión, cuando llega a tu cara, parece como si estuviese a punto de hablar.

Agradecimientos

Gracias a Nicole Aragi por su incansable generosidad y por guiarme en cada paso del camino, y a Jordan Pavlin, por creer en mi trabajo desde el principio. Gracias también a Duvall Osteen, Maya Solojev, Isabel Yao Meyers, John Freeman, Max McDowell, Mark Horn, Dylan Leiner, Paul Wakenight, Mitchell Cohen y Lori Monson. Mi especial agradecimiento a David Otsuka, Michael Otsuka y Daryl Long y a mi mejor amiga, Kabi Hartman. También me sirvieron de ayuda para escribir este libro las siguientes obras: *Haunts of the Black Masseur,* de Charles Sprawson; *Swim: Why We Love the Water,* de Lynn Sherr; el artículo «A Feel for the Water», de Cynthia Gorney, publicado en *The New Yorker*; *Nobody's Home,* de Thomas Edward Gass; *Old Friends,* de Tracy Kidder; *Making Gray Gold,* de Timothy Diamond; *Can't Remember What I Forgot,* de Sue Halpern; *The Forgetting,* de David Shenk. Y, por último, gracias por todo a Andy Bienen.

Índice

Esta primera edición de *En la piscina*, de
Julie Otsuka, se terminó de imprimir en Grafica
Veneta S.p.A. di Trebaseleghe en Italia en febrero de 2023.
Para la composición del texto se ha utilizado la tipografía Celeste
diseñada por Chris Burke en 1994 para la fundición FontFont.

Duomo ediciones es una empresa comprometida
con el medio ambiente. El papel utilizado para
la impresión de este libro procede de bosques
gestionados sosteniblemente.

Este libro está impreso con el sol. La energía
que ha hecho posible su impresión procede
exclusivamente de paneles solares.
Grafica Veneta es la primera imprenta
en el mundo que no utiliza carbón.

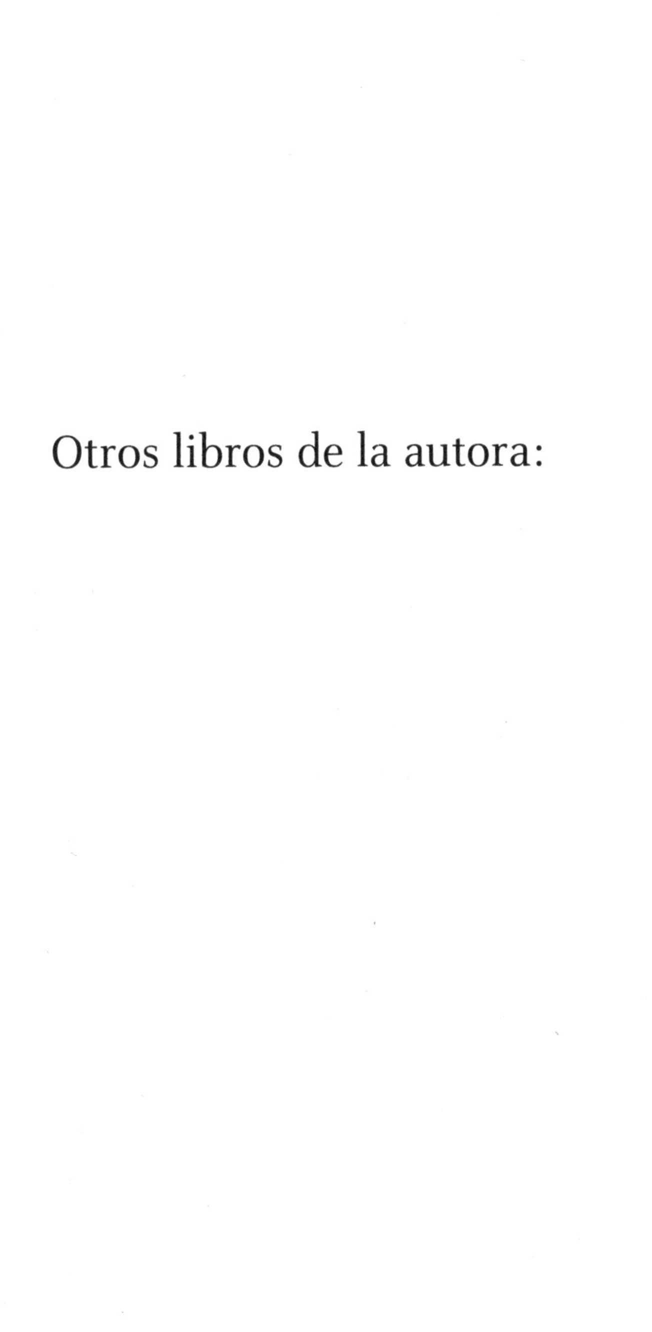

Otros libros de la autora:

PREMIO FEMINA
A LA MEJOR NOVELA EXTRANJERA 2012

«Conmueve profundamente.»
Publishers Weekly

«Una obra maestra destinada a perdurar.»
San Francisco Chronicle

«Julie Otsuja ha creado una vos hipnótica e irresistible, que engarza su historia con el poder de las leyendas que pueblan nuestros sueños. Nos ha robado el corazón.»
Jurado Pen/Faulkner

«Una hazaña llena de matices y belleza.»
The New York Times

«Otsuka traza con finura una historia no exenta de énfasis y de una resistencia que resulta ejemplar.»
El País Babelia